세이조와 비버족의 모험

일러두기

- 이 책은 《The Adventures of Sajo and Her Beaver People》(Grey Owl, Lovat Dickson & Thompson, 1935)을 원본으로 사용하였습니다.
- 외래어는 국립국어원 표기 용례를 따랐으나 일부는 관습적으로 널리 쓰이는 표기를 사용했습니다. 오지브웨이어 단어는 저자의 발음 표기를 따랐습니다.
- *은 저자의 주석입니다.

세이조와 비버족의 모험

그레이 아울

지식의편집

시작하며

이 소박한 이야기에 나오는 모든 일화는 여기 기록된 시간순은 아니더라도 내가 아는 한에서 모두 실제 있었던 일이다. 거의 등장인물들의 개인적인 체험과 그들이 직접해준 이야기를 기록한 것이다.

두 아이의 도시 방문과 관련한 몇 가지 세부 묘사를 빼고는(당황한 두 아이가 받은 인상대로 이를 그렸고, 25년도 넘은 일이라 아이들의 기억도 흐릿했다) 실제 사실이 아닌 일화를 기록하지 않았다.

사용된 모든 인디언 단어는 해당 지역 방언인 오지브웨이Ojibway어를 적확히 번역하고 발음을 단순화해 음성 철자로 기록하였다. 간단하면서도 그 뜻을 쉽고 자연스럽게 표현하려고 하였다.

삽화에서는 외형을 정확하고 명확히 하기 위해 예술적 기교를 피하고 자제했다. 그렇다고 정확성을 위한 나의 노력이 예술성의 완강한 방해로 위험에 처했다는 뜻은 아니다. 시적 허용이라는 위험한 지대로 단 두 번의 이탈이 있었다. 첫 번째, 2장의 무스 그림은 5월에 해당하는 장면임에도 이야기 후반에 등장하는 것을 고려해 다 자란 거대한 뿔을 그려 넣었다. 뿔 없는 노새 비슷한 동물이 등장하는 것보다 더 흥미롭고 교육적인 시각 자료를 제공하고자 했다. 두 번째, 4장의 대표 이미지로 제공된 올빼미는 '웃는올빼미'의 표본이 아니다. 특이한 울음소리를 가졌음에도 외양이 다소 평범하고 심심해 보이는 품종이라 '큰뿔올빼미'로 알려진 더 대표적인 유형으로 대체했다. 그래서 선량한 죄인처럼 자신의 죄가 밝혀지기 전에 이 자리를 빌려 미리 고백한다.

동물 특징에 대한 묘사는 현실을 근거로 하였고 동물들이 보이는 정서적, 신체적 반응은 내가 그들의 환경에서 평생 야생의 삶과 친밀한 관계를 맺어왔기에 거의 정확하다. 이런 동물들의 초상을 아주 세심하게 그려 어린 독자들에게 완전한 가상의 세계가 아닌, 후에 그저 판타지로 취급되지 않을 신선하고 유쾌한 감동을 주고자 하였다. 또 어른들이 위엄을 잃지 않고 읽을 수 있는 아이들 이야기를 쓰고자 하였다.

이야기의 주인공인 두 마리 새끼 비버 칠아위Chilawee

와 칙아니Chikanee는 분명 자신들의 고향 연못에서 오래도록 살아남았을 것이다. 그들이 자연방사된 이후 비버 서식지 인근 수 킬로가 유명한 주립공원 구역 안에 포함되었고 사냥꾼들은 물론 지역 사회 전체에 걸쳐 덫 설치가 금지되었다. 옐로버치강Yellow Birch river은 사실 그 지역 전체에 걸쳐 이야기에 나오는 시기와 거의 비슷하게 오염되지 않고 남아 있다. 강의 이름 자체는 인디언 시대가 지나며 바뀌었지만, 화강암 언덕을 덮고 있는 노란 자작나무, 단풍나무 등의 거목들이 늘어선 장엄한 숲 사이를 강을 따라 흐르며 여행할 기회가 있는 사람들은 아직도 이를 확인할 수 있다.

기치 미권Gitchie Meegwon, 후에 이 지역에 들어온 백인들에게 '퀼Quill'이라고 알려진 '큰 깃털Big Feather'은 젊은 시절 개인적으로 내가 아주 사랑한 친구였고 오랫동안 주류 사회의 일원이었다. 아주 효율적이고 다소 엄격하게 내게 덫사냥을 가르쳐주기도 했다. 그가 만든 나무껍질 카누는 지금도 토론토 처치 스트리트에 있는 노멀스쿨 박물관에 전시되어 있을 것이다. 내가 1911년 마지막으로 그곳을 방문했을 때에는 있었다. 그의 인품은 내가 그를 세이조Sajo와 샤피언Shapian의 진짜 아버지로 대체할 정도로 너무 관대했다. 세이조와 샤피언은 이렇게 많은 시간이 지나고도 내가 다 이해할 수 없는 존재이다. 그래서 여전히 매혹적인 작은 소녀와 진지하고 용감한 키 큰 청년으로 지나간 소중한 시간 속에 남아 있다. 그들이 위험천만한 순례를 했던 도시는 사실 그렇게 거대한 대도시는 아니었다. 그들은 오랫동안 그 차이를 구별하지 못했지만, 이야기꾼에게 주어진 특권으로 널리 인정된 기준이 아니라 그들 눈에 비친 그대로 표현하여 '도시'라는 호칭으로 격상하였다.

한두 시간의 재미를 주는 것뿐 아니라 두 인디언 아이들과 그들이 너무 사랑하는 동물 친구들의 이 소박한 이야기가 아이들에게 어떤 간절함을, 기쁨과 슬픔, 일과 놀이에 대한 명확하고 본질적인 의미와 친밀한 이해를 일깨우기 바란다. 보잘것없는 숲의 생명도 우리 자신과 다를 바 없는 일상과 감정을 경험한다는 것을 일깨우고 싶었다. 그리고 주제넘어 보일지라도 어쩌면 작가는 더 약하고 더 부족한 이들에게 더 많은 관용과 공감을 불러올 수도 있다는 생각에 용기를 내었다.

무엇보다 캐나다 북쪽 땅으로의 이 짧고 환상적인 여행에 작은 생명들의 미약하지만 행복한 동료가 되어 함께한 것이 나의 특권이었다. 우리가 어린 시절이라고 부르는 황금빛 꿈의 마법의 골짜기에 거주하는 작은 존재들과 함께 말이다.

와샤퀀아신WA-SHA-QUON-ASIN(그레이 아울)

비버 오두막, 아자완 호수, 프린스 앨버트 국립공원,

서스캐처원, 캐나다

1934년 11월 25일

차례

1 북서풍의 땅

쾌적한 호숫가 인근의 작은 인디언 마을

도시에서 떠나면, 우리가 주위에서 익숙하게 보아온 도심과 농촌에서 멀고 먼, 캐나다 북쪽 정착지에서도 더 깊이 들어간 곳에 거의 알려지지 않은 바람의 땅이 있다. 그곳에 가려면 언덕을 넘고 넘어 떠나면 여행을 해야 한다. 기차도 도로도 집도 오솔길도 없다. 우리는 인디언 안내인과 함께 거대하고 적막한 숲 사이로 호수와 강을 따라 카누 항해를 해야 한다. 그곳은 무스와 사슴과 곰과 늑대들이 자유로이 돌아다니고 수를 셀 수도 없는 엄청난 순록 떼가 땅을 가로질러 그렇게 어슬렁거린다.

거기, 이 위대한 북쪽 나라에서 우리는 백인이 발견하기 전의 북아메리카 일부를 보게 될 것이다. 바라건대 그곳은 오랫동안 그렇게 남아 있을 것이고 소수의 사냥꾼이나 무역상을 제외하고는 오늘날까지도 거의 백인을 찾아볼 수 없다. 유일한 인간은 거기 흩어져 살고 있는 오지브웨이족 무리이다. 이 땅은 그들의 거주지이자 북서풍을 뜻하는 '키웨이딘Keewaydin'의 땅이라 불렸다. 그들은 아주 오래된 부족으로 그 땅에서 오래 살아왔다. 그들도 자신들이 어디서 와서 어떻게 거기에 정착했는지 알지 못했다. 자크 카르티에Jacques Cartier, 16C

프랑스 탐험가로 캐나다를 발견했다가 처음 발견한 그들의 선조 모습 그대로 수백 년을 문명과 동떨어져 살고 있었다. 해가 드는 숲의 초입이나 아늑한 숲속 공터, 또는 호숫가의 쾌적한 모래밭에서 수백 킬로씩 따로 떨어져 있는 인디언 천막과 텐트 때로는 통나무 오두막을 아직도 찾아볼 수 있다. 이 작은 마을에서 인디언 가족들은 각자 자신의 집에서 행복하고 만족하며 살아간다. 다른 문명 도시의 주민들처럼 풍요로운 계절에는 잘 먹고 어려운 계절에는 배를 곪기도 한다. 마을 주민은 모두 해야 할 일이 있고 아이들도 예외는 아니다.

인디언들은 끊임없이 이동하기 때문에 거의 모든 일이 여행으로 이루어진다. 어떤 시기에 생존에 필수적인 동물들이 특정 지역에서 사라지면 주민들은 그들을 쫓아가거나 새로운 사냥터를 찾아야 한다. 그래서 마을 전체가 짐으로 꾸려져 카누나 썰매에 실린다(물론 통나무 오두막은 예외다). 그들은 계절에 따라 먼 거리를 이동한다. 겨울 이동에서 눈신을 신은 어린 소년 소녀들은 2, 3킬로씩 개 떼와 썰매, 주민들의 긴 행렬을 교대로 이끌며 아주 자부심을 느낀다. 여름에는 어른 인디언들과 같이 하루 종일 카누의 노를 젓는다. 아이들도 각자 작은 짐을 맡아 운반한다. 아이들은 정말로 일을 즐기며 자신의 부모들처럼 진지하고 책임감 있게 이를 수행한다.

모피거래소나 인디언 보호구역 근처에서 여름을 보내는 인디언 아이들은 학교 갈 기회를 얻어 뛰어난 학생이 되기도 한다. 실제로 몇은 변호사가 되었고 몇은 의사, 작가, 예술가로 아주 성공했다. 하지만 야생의 땅에 사는 아이들은 다른 종류의 교육을 받는다.

숲이 이들의 학교이다. 숲에서 그들 삶의 방식에 필요한 수업을 받는다. 지리학과 역사, 산수와 영어는 크게 중요하지 않다. 그들은 식물과 나무의 생애, 동물들의 습성과 행동방식, 식물과 동물을 찾는 법, 일 년 내내 물고기를 잡을 수 있는 법을 배운다. 무엇보다 가장 중요한 것은 비가 오든 바람이 불든 눈이 오든 어떤 날씨에도 불을 피울 수 있어야 한다. 짐승과 새들의 울음소리를 배우고 몇몇은 이를 똑같이 흉내 내기도 한다. 카누를 능숙하게 조정하기 위해 강과 호수의 흐름을 읽는 법을 교육받는다. 그리고 눈신과 총, 도끼를 올바르게 사용하는 법을 익히고 개 무리를 모는 법을 훈련받는다. 모카신moccasin, 사슴가죽으로 만든 뒤축이 없는 인디언 전통 신발을 꿰매고 가죽을 무두질하고 눈에 보이지 않는 곳에서 장작을 찾는 일상의 노동을 할 수 있게 배운다. 그리고 모두 음식을 할 줄 알아야 한다. 나침반을 써본 적은 없지만 해와 별과 달, 나무의 형태, 언덕의 토양 성분, 동물들의 이동 그리고 여기서 일일이 나열할 수도 없는 무수한 신호를 읽고 숲에서 길을 찾을 수 있다. 그들의 자연에 대한 지식은 방대하고 정말로 신뢰할 만하다. 그들은 혼자 긴 여행을 할 수 있고, 이 이야기에 나오는 인디언 소년 소녀처럼 수많은 위험에 두려움 없이 맞설 수 있다.

재빨리 생존을 위한 음식과 옷, 은신처를 찾지 않고 빈둥거리기에 인디언의 삶은 너무 고되고 팍팍하다. 사람들은 서로 돕고 가진 것을 나누며 게으른 사람들을 아주 경멸한다. 이런 고된 일과 중에도 젊은이들은 단순하면서도 아주 활동적인 놀이를 하며 많은 시간을 보낸다. 고된 하루가 끝나고 어둠이 내려오면 젊은이들은 반짝이는 북쪽 별 아래 둘러앉아 타오르는 모닥불을 바라보며 연장자들의 이야기를 듣는다. 이 이야기들은 사냥 여행이나 먼 인디언 부족들의 이야기 또는 오래전 위대한 전사나 숲에서 있었던 신비한 모험에 관한 것들이다.

하지만 가장 신기한 이야기는 먼 남쪽 백인들의 놀라운 나라를 다녀온 어른들의 이야기였다. 그곳에는 철도라고 부르는 철길 위를 바람의 속도로 달리는 바퀴 달린 거대한 썰매와 증기선이라 부르는 물 위를 빠르게 움직이는 연기 나는 카누가 있다. 거기는 인디언도 없고 울창한 숲도 없다. 돌로 만든 집들이 줄지어 있고, 그 사이를 사람들이 떼 지어 다닌다. 어딘지 모를 곳에서 나와 어딘지 모를 곳으로 급히 재촉하며 몰려다닌다. 사람들이 말하길 그곳에서는 돈이 없으면 먹지도 자지도 못한다. 젊은 인디언들은 이 부분이 가장 이상했다. 왜냐면 숲에서 여행자들은 항상 인디언 마을이나 백인 사냥꾼 캠프에서 먹을 것과 잘 곳을 공짜로 대접받는다. 이 젊은 인디언들은, 아니 나이 든 인디언들 역시 도시의 삶에 필요한 것들을 거의 알지 못했다. 마치 우리가 그들의 야생의 삶을 거의 모르는 것처럼 말이다.

그리고 이제 머나먼 개척지에서 온 우연한 여행자들이 이 웃고 있는 검은 눈의 인디언 아이들에게 한 번도 보지 못한 나라의 이야기를 들려준다. 나도 한때는 그들의 하나였다. 그리고 당신에게 멀고 먼 야생의 땅에서 온 이야기를 시작하려 한다.

먼저 당신은 미지의 동물과 사람들이 있는 어둡고 신비한 숲으로 수많은 거대한 강들이 줄곧 흘러든다는 것을 알아야 한다. 빠른 카누를 탄 인디언뿐 아니라 비버, 수달, 밍크, 사향쥐 등의 수많은 물가 동물들이 강을 주요 도로로 이용한다. 숲에는 아마도 우리는 찾을 수 없는 수많은 통로가 있다. 육지 동물들은 길처럼 이를 이용한다.

모든 생명체는 끊임없이 이동하기 때문에 인간을 포함해 그 땅의 생명들은 항상 분주하다. 찾거나 만들어 새끼들을 먹이고 키우며 살아간다. 정착지 없이 홀로 살아가는 생명도 있지만, 대규모로 함께 사는 생명도 있다. 땅 아래 굴을 파서 적당한 크기의 마을을 만들고 통로를 따라 각기 다른 가족들의 집이 한데 모여 있다. 그중 비버처럼 아주 현명한 동물은 따뜻한 집을 짓고 헤엄칠 물을 비축하고 겨울 몇 달을 날 식량을 수북이 쌓아둔다. 인간처럼 일하며 잠시 쉴 때는 서로 이야기를 나누기도 한다. 비버들은 모두 각자의 방식으로 많은 일을 처리한다.

생존을 위해 몇몇을 죽일 때도 있지만 그들의 영리함과 근면함 때문에 인디언들은 이들을 존중하고 지대한 관심으로 대한다. 거의 자신들과 다를 바 없는 독립적인 부족의 인간들처럼 여긴다. 비버는 특별히 존중받아 왔고 그들의 음성이 인간과 그리 다르지 않기 때문에 어떤 인디언들은 그들의 이야기를 어느 정도 알아듣기도 한다. 아무리 하찮고 쓸모없어 보여도 모든 동물은 자신의 고유한 서식지를 가졌고 인디언들은 이를 인정한다. 그래서 정당한 이유 없이 그들을 괴롭히지 않는다. 그리고 숲에서의 삶이란 어려움을 공유하기 때문에 그들을 작은 형제로 칭하기도 한다.

때로는 짐승의 새끼, 어린 비버나 수달 또는 어린 무스나 사슴을 반려동물로 키우기도 한다. 인디언 야영지에서 내키는 대로 여기저기 뛰어다니는 이들을 종종 볼 수 있다. 하지만 자신의 집이라 여겨 근처를 떠나지 않고 야영지 생활의 소동과 자극을 즐기는 것 같다. 완전히 성장하면 이들은 결국 멀리 떠나야 한다. 하지만 오래지 않아 마을에는 다른 새끼나 다른 종의 반려동물이 들어온다.

우리는 그 나라와 인디언들이 어떻게 사는지 알아보았다. 그리고 어떤 동물들에 대해서도 조금 들었다. 이제 숲의 작은 가족 이야기를 하려 한다. 이 이야기는 실제이며 비버족 가족이 행복하게 살던 수로에서 시작한다.

인디언 사냥꾼과 그의 어린 아들딸의 이야기이다. 그리고 그 아이들과 친구가 되었던 작고 어린 비버들의 이야기이다. 광대한 북쪽 숲과 도시에서의 그들의 모험을 이야기하려 한다. 그들이 어떻게 서로 좋은 친구가 되었고 어떻게 헤어졌다가 다시 만나게 되었는지, 그들이 겪었던 모든 위험과 흥미로운 사건들과 마침내 어떤 결말을 맞았는지 여러분에게 들려주고자 한다.

이제 자동차, 라디오와 영화, 없으면 안 된다고 생각하는 모든 것들을 깨끗이 잊고 썰매개들과 카누, 텐트와 눈신을 떠올리며 머나먼 마법의 땅으로 떠나보자.

그곳에서 우리는 거대한 강과 호수들을 보고 바람에 속삭이는 숲의 소리를 듣고 마을을 이루고 사는, 말하고 일하는 이상한 동물들을 만날 것이다. 거대한 나무가 인사를 건네며 지나가는 당신에게 손짓하고 개울은 부드러운 노랫소리를 들려줄 것이다.

연기가 자욱한 어두운 인디언 원형 오두막 안에서 깜박이는 모닥불 옆에 앉아 우리는 이 오래된 이야기를 들을 것이다.

2 기치 미권

GITCHIE MEEGWON,
THE BIG FEATHER

CHAPTER TWO

은빛 스라소니

백인이 그 차갑고 깨끗한 물을 한 번도 본 적이 없는 시대의 옐로버치강, 그 드넓고 빠른 물살을 거슬러 오르는 인디언이 있었다. 이른 아침 자작나무 껍질로 만든 카누를 타고 홀로 노를 젓고 있었다. 짙고 예리한 눈빛에 두 갈래로 땋은 긴 검은 머리를 어깨 위로 늘어뜨린 키가 크고 우아한 체격의 남자였다. 술이 달린 벅스킨사슴가죽을 부드럽게 가공한 것 가죽의 상하의를 차려입고 피부는 윤기 나는 갈색으로 그을려 있다. 그는 당신이 그림이나 책에서 본 인디언과 아주 비슷했다.

밝은 노란색 카누는 강 주위 언덕을 덮고 있는 금빛 자작나무로 만든 견고한 몸체에 같은 색의 오리나무 수액을 발랐다. 몸체 양쪽의 나무 틈새는 물이 스며들지 않게 까맣고 반짝이는 스프루스 껌가문비나무에서 추출한 점도가 높은 수액으로 가늘고 길게 봉했다. 카누 앞쪽에는 어떤 거대한 새의 눈이 크게 그려져 있고 뒤쪽 맨 끝에는 바람에 앞뒤로 부드럽게 흔들리는 여우 꼬리가 매여 있었다. 인디언들은 카누가 실제 살아 있는 생명처럼 느껴지길 원하기 때문에 다른 동물들의 꼬리와 머리를 그리고 달았다. 그의 카누는 새처럼 예리하고 여우처럼 빠르고 가벼웠다. 카누 안에는 단정하게 접힌 텐트, 예비 식량 가방과 도끼, 차를 담은 통 그리고 구식 모델의 긴 소총이 있었다.

언덕 중턱의 자작나무 꼭대기에서는 바람이 나뭇잎 사이에서 장난이라도 치듯 끊임없이 부드럽게 살랑이고 바스락댔다. 그래서 인디언들은 이 고지를 '속삭이는 나뭇잎들의 언덕'이라 불렀다. 강둑에는 크고 짙은 소나무들이 줄지어 거대한 가지들을 물 위로 길게 늘어뜨리고 있다. 나뭇가지 아래 강변을 따라 물새, 지빠귀, 카나리아들이 날개를 퍼덕이며 새로 돋은 풀과 갯버들 잎 사이로 아침 먹이를 찾아 날고 있다. 공기는 세이지와 야생화의 달콤한 향기로 가득하고 여기저기서 벌새가 꽃에서 꽃으로 화려하고 눈부신 화살처럼 꽂힌다. 때는 인디언들이 꽃의 달이라고 부르는 5월이었다.

기치 미귄'큰 깃털The Big Feather'이란 뜻의 오지브웨이족 인디언 이름은 여러 날 동안 옐로버치의 거센 물살을 헤치고 노를 저었다. 이제 자신의 마을에서 한참이나 멀리 왔다. 하루하루 천천히 전진하고 있었다. 때로는 지금처럼 잔잔한 수면 위를 쉽게 나아갈 때도 있지만 거친 급류에 올라 물보라와 뾰족하고 위험한 바위 사이로 연약한 카누를 기술적으로 몰아야 할 때도 있다. 모든 인디언들이 할 수 있는 것도 아니고 백인들은 거의 하지 못하는 기술이었다. 오늘 아침은 폭포가 떡하니 길을 가로막았다. 어떤 거대한 소나무보다도 크고 사납고 아름다웠다. 폭포 아래 거센 물보라 사이로 무지개가 떴다. 우레 같이 울리는 폭포 아래 거세게 요동치는 소용돌이 속에서 갖은 애를 쓰며 카누를 끌어 간신히 뭍에 대었다. 카누를 뒤집어 어깨에 메고 살랑이는 거대한 나무들 사이의 어두운 샛길로 이를 운반했다. 수백 년 동안 해도 들지 않고 누구의 발길도 닿지 않은 듯 우거진 오솔길이었다. 그는 가벼운 짐만 챙겨 출발하기 위해 카누를 땅에 내려놓았다. 그리고 폭포 위의 맑고 잔잔한 물로 나와 다시 여정을 시작했다.

강의 굴곡이 한눈에 들어왔고 그는 날카롭게 주변을 살폈다. 그리고 사냥꾼이 아니면 보지 못할 많은 것들을 보았다. 모피로 덮인 양쪽 귀가 감지한 희미한 신호는 그가 갈 방향과 숨어 있는 동물들의 은신처를 알려주었다. 또 뛰어난 시각으로 숲의 어둠 속에서 순간적인 섬광을 감지했다. 한번은 덤불 아래서 흐릿한 유령 같은 은빛 스라소니를 보았다. 여기저기서 사슴이 크게 휘파람 같은 콧소리를 내며 급히 숲으로 튀어 달아났다. 빨간 흔들 목마처럼 숲에서 튀어 오르며 백기라도 흔드는 것처럼 나무들 사이로 꼬리를 번쩍였다. 한번은 말처럼 큰 무스를 본 적도 있다. 무스는 가슴까지 강에 담그고 서서 머리를 물속에 처박고 강바닥의 백합 뿌리를 파내고 있었다. 큰 깃털이 멈추고 무스를 바라봤지만 자기 일로 바쁜 무스는 이를 눈치채지 못했다. 한껏 과시하듯 고개를 쳐든 거대한 생명체가 그를 보고 놀라 얼굴과 목에서 물을 폭포처럼 쏟으며 거기 서 있었다. 무스는 몸을 돌려 강가로 돌진하더니 곧장 사라졌다. 일이 분쯤 크게 쿵쾅거리는 발굽 소리와 작은 나무나 가지에 우지끈 부닥치는 소리가 들려오다 숲으로 무섭게 질주해갔다.

이런 모든 숲의 동료들에도 기치 미권은 다소 쓸쓸했다. 이제는 마을에서 아주 멀리 와 있었고 자신의 두 어린 아들딸을 남겨두고 떠나왔다. 아이들의 엄마는 세상을 떠났다. 마을 부인들이 친절하게 아이들을 보살펴 주었지만, 아이들은 엄마를 아주 그리워했다. 자신처럼 아이들도 아버지를 그리워하고 있을 게 분명했다. 그들 셋은 좋은 친구였고 거의 떨어져 본 적이 없었다. 어디를 가든 항상 아이들을 데리고 다녔다. 하지만 이번엔 혼자였다. 위험한 여행이 될 수도 있었고, 일이 끝나기 전에 밀렵꾼들과 문제가 생길 수도 있었다. 기치 미귄은 자신의 가족을 위한 여름집으로 멋진 소나무 오두막을 지어 아이들과 함께 편하고 즐겁게 지내고 있었다. 힘들었던 겨울 사냥을 끝내고 편히 쉬다 우호적인 크리족 인디언에게 소식을 들었다. 혼혈인백인과 북아메리카 원주민 사이의 혼혈 무리가 남쪽 정착지 넓은 지역에 걸쳐 닥치는 대로 비버들을 도륙하고 있다는 것이었다. 진짜 숲의 인디언들은 서로의 덫 구역 내에서는 사냥하지 않는다. 그런 짓은 도둑질로 여겨진다. 하지만 도시의 혼혈인들은 이런 오래된 관습을 잊었거나 무시했다. 모든 덫 구역을 보이는 대로 쓸어버리는 듯했다. 모피가 없으면 무역거래소에서 식량을 살 수 없고 큰 깃털 가족은 굶주리게 될 터였다. 그래서 그는 자신의 겨울 사냥 구역을 이 이방인들로부터 보호하기 위해 지금 여기까지 깊이 들어와 있다. 하지만 아직껏 사람 하나 보지 못했고 아무런 흔적도 찾지 못했다. 게다가 지금은 날씨도 따듯해 동물 모피도 비싸게 쳐주지 않았다. 일이 마무리된 것 같았고 내일은 집으로 출발할 생각이었다.

이런 생각으로 기분이 좋아진 그는 강변 둑을 따라 가며 조심성 없는 혼혈인이 남겼을지 모를 흔적을 살폈다. 그러다 갑자기 공기 중에서 강하게 쏘는 냄새를 맡았다. 어떤 짐승이나 어쩌면 인간이 민트 식물 근처를 지나다 톡 쏘는 냄새의 잎사귀를 밟은 듯했다. 바로 경계에 들어간 그는 재빨리 강둑을 훑었다. 그때 카누 바로 앞에서 작고 다부진 체격의 시커먼 동물이 강에서 튀어 올랐다 돌처럼 떨어져 시야에서 사라졌다. 바로 동시에 까만 머리와 갈색 털이 난 등이 떠올라 잠깐 물에 떠다니다 카누 근처를 빠르게 헤엄쳐 영리하게도 인디언 쪽에서 자신을 향해 바람이 불어오는 지점으로 옮겨갔다. 동물은 모든 숲의 주민들이 가장 두려워하는 인간의 냄새를 맡았다. 번개처럼 물속으로 잠수하며 넓고 평평한 꼬리로 수면을 세게 튕겨 사방으로 물이 튀었다. 그리고 완전히 사라졌다.

큰 깃털은 자신의 가죽 소매에 묻은 물방울을 털며 웃었다. 그가 그렇게 기다렸던 동물, 바로 비버였다. 비버의 경계 신호 울림이 사라지기도 전에 거의 총격 같은 크고 날카로운 다른 소리가 옆 모퉁이에서 들려왔다. 두 놈이었다.

큰 깃털은 아무도 여기서 사냥하지 않았다는 확신이 생겨 다시 미소 지었다. 그 경박한 놈들이 가까이 있었다면 비버들은 너무 쉽게 잡혔을 것이었다. 간단히 말해 잡히지 않았다는 것이니 나머지 놈들 모두 안전할 것이다. 그렇지만 확실히 하기 위해 다른 놈들도 있을 그들의 거주지를 찾아보기로 했다. 비버 집은 찾기 어렵지 않을 것이다. 비버는 돌아다니며 버드나무, 포플러, 오리나무의 묘목을 잘라 껍질을 벗겨 먹는다. 이 벗겨진 나뭇가지들이 그들이 머물렀던 곳마다 하얗게 빛난다. 그래서 그들이 먹은 장소를 하나씩 따라가다 보면 사는 곳을 찾을 수 있다. 바로 강의 작은 지류로 접어드는 초입에서 그가 원하던 것, 가늘고 하얀 약간의 나뭇가지 조각들을 찾았다. 비버가 식사한 흔적이었다. 작은 개울을 따라 올라가면 비버가 좋아하는 다소 한적한 장소에 분명 그들의 집이 있을 것이다.

비버들은 숲에서 나와 돌아다니다 다시 돌아갈 수 없어 거대한 소나무 몇 그루가 서 있는 쾌적하고 트인 장소 구석에서 식사한 듯했다. 여기서 기치 미권은 작은 모닥불을 피우고 점심을 먹었다. 인디언들은 이동하며 차를 많이 마시기 때문에 활활 타는 불 위에 얇은 막대를 기대 놓는다. 큰 깃털은 차를 끓이기 위해 막대 한쪽 끝에 차 통을 걸고 쓰러지지 않도록 다른 쪽은 땅에 단단히 박았다. 뜨거운 석탄 앞에 뾰족이 갈린 막대기로 사슴고기 조각을 준비해 그 밑에 인디언 빵이나 배넉bannock, 귀리나 보릿가루를 개어서 만든 과자빵 조각을 깐다. 그래야 조리한 것처럼 고기에 육즙이 배어든다. 식사가 끝나고 소나무의 넓고 둥근 가지에 산들바람이 살랑이는 소리를 들으며 잠시 조용히 담배를 피웠다. 그 소리는 음악처럼 그의 마음을 울렸다. 그는 만족스럽게 나무에 등을 기대고 천천히 연기가 이리저리 흔들리는 것을 지켜보았다. 연기는 공중에서 신비한 무늬를 만들고 있었다. 이 모두가 그의 그림이자 음악이고 그가 가진 모든 것이었다. 아마 당신이 영화나 라디오를 즐기는 것만큼이나 그도 이 모두를 즐겼다.

이어 그는 카누를 뒤집어 간소한 짐들을 덮은 후에 긴 총신을 가진 무역총trade-gun, 북미 개척시대에 가벼운 무게로 이동에 적합해 인디언들이 많이 사용한 총을 집어 들고 개울을 따라 출발했다. 그의 생각에는 개울 초입에 비버 연못이 있어야 했다. 잠든 숲의 고요와 적막함 속을 조용히 걸을 때 그의 모카신은 발소리도 발자국도 남기지 않았다. 다람쥐들이 큰 가지 위에서 그를 향해 찍찍대며 재잘거렸고 숲 어디에서나 볼 수 있는 쾌활한 숲의 주인 어치들이 이 나무 저 나무로 그를 따라왔다. 때로는 앞장서서 그가 지날 때 현명하게 응시하며 속삭였다. 그는 자신에게 주어진 이 작은 동물 친구들을 즐겼고 아주 한가로이 그들과 함께 걸었다. 갑자기 그가 멈춰 귀를 기울였다. 그의 예리한 귀에 이상하고 예기치 않은 소리가 들렸고 이어 소리는 점점 커지다 갑자기 괴성이 되었다. 그리고 개울 바닥으로 누런 진흙물이 빠르게 쏟아져 내렸다. 강둑 높이까지 가득 채운 나뭇가지와 쓰레기 한 무더기가 거칠고 소용돌이치는 물살에 실려 떠내려왔다. 비버 연못에 뭔가 끔찍한 일이 일어나고 있었다. 있을 법한 일은 하나였다. 분명 어떤 인간이나 짐승이 비버 댐을 때려 부수고 있는 것이었다. 이 급류는 비버들이 정성스레 비축한 물이자 비버들의 생명수였다.

바로 소총을 집어 들고 큰 깃털은 숲을 헤치며 뛰어갔다. 조금 전까지 그렇게 풍요로웠던 숲은 이제 어둡고 위협적이었다. 그는 최대 속도로 달렸다. 비버 서식지 파괴를 막기 위해 다람쥐와 새들을 뒤로 한 채 통나무를 뛰어넘고, 쓰러진 나무와 나뭇가지, 엉킨 덤불을 헤치고, 짙은 나무 그늘이 드리워진 웅덩이를 사슴처럼 도약하며 모카신을 신은 발로 필사적으로 달렸다. 제시간에 닿기를 간절히 빌었다. 그리고 무슨 일이 일어났는지 알게 되었다.

니긱Negik, 모든 비버족의 치명적이고 끔찍한 적인 수달의 침략 전쟁이었다. 물이 빠져나갔고 이제 비버는 자신의 생존을 위해 싸워야 했다.

3 비버족의 집

비버 연못 평면도

점심을 먹고 있는 기치 미권을 지켜보며 기다리는 대신 이 소란스러운 작은 개울 쪽으로 올라가면 수달이 댐을 파괴하기 전의 비버들의 집에 닿을 수 있고 그곳에서 비버들이 어떻게 살고 있는지 볼 수 있다. 꽤 한참을 걸어 올라가면 아주 갑자기 작고 깊은 연못이 나온다. 이 연못 입구를 가로질러 나뭇가지나 덤불로 높고 두껍게 개울 바닥을 막아놓은 벽이 나타난다. 아주 촘촘히 엮어서 이끼로 그 틈새를 막고 구조물 전체에는 진흙을 빈틈없이 발랐다. 벽 위에는 여러 개의 무거운 돌들을 얹어 단단히 굳혔다. 길이는 약 30미터, 높이는 1미터에 달했다. 벽 위의 나뭇가지 홈통을 통해 물이 흘러들어 왔다. 개울이 이 한 곳으로만 흐르기 때문에 손쉽게 수위를 조절할 수 있다. 마치 인간 집단이 만든 것처럼 정교했지만 이를 만든 것은 인간이 아니라 동물이었다.

진짜 댐인 이 벽이 그 안에 연못을 형성해 놓은 듯했다. 댐이 없으면 전혀 연못이 있을 수 없었고 단지 개울만 흘렀을 것이다.

속삭이는 나뭇잎들의 언덕들 사이에 둘러싸여 비버 연못은 햇빛에 반짝이며 아주 고요하고 평화로웠다. 너무 맑고 잔잔해서 물에서 졸고 있는 오리 몇 놈이 공중을 떠다니는 것처럼 보였다. 댐 위에 서 있는 가늘고 하얀 포플러들이 매끄러운 수면 위로 생생하게 비쳤다. 어디서까지가 물이고 어디서부터 실재 나무인지도 구분하기 어려웠다. 은빛 포플러와 5월의 꽃들과 푸른 물, 마치 요정의 나라처럼 아름다웠다. 모든 것이 멈춘 듯했고 졸고 있는 오리를 제외하면 생명이 존재하지 않는 듯했다. 당신이 조금도 움직이지 않고, 아무런 소리도 내지 않고 잠시만 기다리면 오래지 않아 강가의 수면 위로 작은 파문이 이는 걸 보게 될 것이다. 동그란 귀에 흑갈색 머리통이 강변 끝에서 불쑥 나타나 물 밖을 살피고 주위를 둘러보며 귀를 쫑긋하고 코를 킁킁거릴 것이다. 머리통에 이어 털이 난 몸통이 드러난다. 놈은 형체를 완전히 드러내고 소리 없이 빠르게 헤엄쳐 저만치 떨어진 강변 다른 쪽으로 이동해 갈대 사이로 모습을 감춘다. 그가 움직이는 방향으로 키 큰 갈대들이 잠시 좌우로 흔들린다. 다시 커다란 풀 뭉치를 안고 나타난 그는 정체를 알 수 없는 거대한 검은 진흙 더미 쪽으로 헤엄쳐 간다. 그리고 그 앞에서 한 뭉치를 가득 안고 잠수한다. 놈이 완전히 사라지기도 전에 다른 머리가 다른 뭉치를 들고 다른 방향에서 헤엄쳐 오는 것이 보인다. 움직이는 뭔가가 전혀 경고도 없이 거대하고 평평한 꼬리로 크게 철썩 수면을 때렸다. 물을 거세게 튕기며 머리부터 들어가 뭉치와 함께 사라졌다. 그리고 같은 이유로 정확히 이것이 그날 아침 큰 깃털이 강을 내려올 때 있었던 일이었다. 헤엄치던 놈들이 잠수해 들어간 그 거대한 둑이 어느 인간의 키보다 큰 비버 집이고 흑갈색의 털 난 머리통들이 바로 비버족이다. 그리고 그들은 아주 바빴을 것이다.

비버 오두막은 높이는 2미터에 달하고 폭은 3미터는 족히 되어 보인다. 최근에 젖은 진흙을 발랐고 경사면에 집 전체가 단단히 고정된 묵직한 나무 오두막이다. 요새처럼 아주 튼튼하고 안전해 보인다. 무스가 그 위를 걸어 다녀도 끄떡없을 것 같았다. 옆으로는 건축 재료를 옮기는 넓은 통로가 있다. 조금 전 더 참을성 있게 주위를 살피거나 바람에 속지 않고 예리한 후각을 이용했다면 나이 든 아버지 비버가 강변에서 흙뭉치를 파서 집으로 가져가는 걸 보았을 것이다. 흙을 온전히 옮기기 위해 천천히 조심조심 헤엄친다. 그다음 인간처럼 몸을 일으켜 흙을 팔에 안고 지붕 위를 걸어 댐 꼭

대기에 흙을 부려 놓는다. 손으로 구멍이나 틈에 흙을 채우고 적당한 크기의 나뭇가지를 끼워 고정시킨다.

이런 모든 과정에는 이유가 있다. 꽃의 달인 이 시기는 아주 중요하다. 이 기묘한 집 안쪽에 연약하고 작은 새끼 비버 네 마리가 세상의 눈으로부터 꼭꼭 숨겨져 있다. 완벽히 형태를 갖춘 털이 복슬복슬한 꼬마들이다. 까맣게 빛나는 눈과 커다란 갈퀴가 있는 뒷발, 손 같은 작은 앞발, 그리고 작고 평평하고 탄력 있는 꼬리를 가졌다. 엄청난 식욕을 자랑하고 분명 폐도 아주 튼튼할 것이다. 거의 모든 작은 동물 중에 가장 시끄럽고 끊임없이 운다. 다른 동물 새끼들처럼 많은 보살핌이 필요하고 분명 많은 보살핌을 받고 있을 터였다.

오두막 안의 거실, 또는 침실은 인간이 몸을 굽혀 쉽게 들어갈 수 있을 정도로 넓고 버드나무 껍질 바닥과 향긋한 풀을 깐 잠자리는 아주 깨끗하고 달콤한 냄새가 난다. 입구는 잠수 통로라 불리는 좁고 경사진 굴로 되어 있고 한쪽 끝은 오두막 바닥에, 다른 한쪽은 거의 연못 바닥까지 내려와 있다. 댐이 연못을 거의 오두막 바닥 높이까지 떠받치고 있어 잠수 통로에는 항상 물이 차 있다. 그래서 아직 다리에 힘이 없는 작은 새끼들이 빠지지 않고 물을 마실 수 있다. 또는 (거의 그런 일은 드물지만) 물에 빠져도 쉽게 기어 올라올 수 있다. 통로 전체와 출구는 물속에 있어 육지 동물들이 이를 감지하거나 침입할 수 없다. 일급 다이빙 선수라면 모르지만 그럴 수 있는 동물은 드물다. 하지만 댐이 부서지거나 모아둔 물이 배출되면 비버는 심각한 위험에 빠질 수 있다. 늑대나 여우 같은 천적들이 오두막으로 침입하는 통로를 발견할 수도 있고, 조금 전 우리가 본 것처럼 비버가 급히 물속으로 잠수해 자신을 보호하거나 위험을 피할 수 없기 때문이다.

자료 그림을 보면 비버 집이 어떻게 배치되어 있는지, 이 댐이 얼마나 중요한지 알 수 있다. 왜 아버지 비버가 많은 시간을 들여 이를 점검하고 작은 틈이 생길 때마다 수리하는지 알 수 있다. 또 아버지 비버는 일종의 조절 장치인 홈통이 쓰레기로 막히지 않게 정기적으로 관리한다. 물이 자유로이 흐르다 수위가 너무 높아져 집이 잠기지 않게 항상 정확하게 수위를 관리한다. 부모 비버는 새끼들에게 필요한 모든 것을 챙긴다. 자주 잠자리를 갈아주고 먹기 좋은 부드러운 잎사귀 진액을 준비하고 새끼들의 털(거의 모피라고 할 수도 없는)

을 빗기고 손질한다. 묘하고 부드러운 애정 어린 소리를 내며 이상한 비버 언어로 새끼들에게 말을 한다. 가까이서 들으면 거의 인간들이 소곤소곤 대화하는 것처럼 들린다. 새된 울음소리는 새끼들의 것이다. 새끼들의 꺅꺅, 꽥꽥, 끽끽대는 소리는 오두막의 두꺼운 벽을 뚫고 나온다. 배가 고플 때, 또는 기쁘거나 문제가 생겼을 때도 아주 시끄럽다. 이러니저러니 해도 귀여운 소리라 할 수 있다. 엄마나 아빠 비버가 외출했다가(둘은 절대 동시에 자리를 비우지 않는다. 한 명은 항상 댐을 지키고 있다) 이 중요한 댐으로 돌아오거나 새 잠자리를 위한 향기로운 풀을 가져올 때면 작고 낮은 울음으로 도착을 알리고 새끼들은 미친 듯이 크게 울며 부모를 반긴다. 울음소리는 필요한 것이 모두 충족된 한참 후까지 이어진다. 잠들지 않는 한 그들은 절대 가만히 있지 않는다. 끊임없이 주위를 기어다니고 함께 뒹굴고 보이는 대로 기어오르고 시끄럽게 굴며 자신들은 아주 즐거워한다. 다른 가족들과 거의 비슷하고 자신들의 집에서 매우 편안하고 행복하다.

이제 어린 새끼들이 잠수 통로에서 직접 수영을 시도할 정도로 자랐지만 아직은 물 위에 누워 있는 정도

이고 항상 똑바로 누워 있지도 못한다. 원을 그리며 빙글빙글 돌고 흥분해서 비명을 지른다. 그리고 솜털처럼 너무 가벼운 털들이 공기를 품지 못하고 뒷발 갈퀴는 한 번에 물을 긁지 못해 깊이 잠수할 수 없는 것 같다. 그래서 한 발 한 발씩 헤엄치며 좌우로 돌고 위아래로 까닥이고 몸을 틀었다가 급정거했다가 꿈틀거린다. 부모는 새끼들 주위를 불안하게 돌며 깊고 우렁찬 울음으로 격려하거나 충고한다. 내가 본 이런 일련의 과정들로 헤엄을 배우는 일은 나이 든 사람들에게는 다소 힘겨운 시간이지만 새로운 세대에게는 즐거운 시간으로 보인다. 그리고 왜 그런지 생각해봐야 할 문제라는 것에 당신도 동의할 것이다.

그러다 지치면 비버들은 마른자리로 기어간다(바닥의 다른 부분보다 조금 낮아 스며든 물로 잠자리가 젖지 않는다). 그리고 새끼 비버들 모두 상체를 세우고 앉아 아주 부지런히 앞, 옆, 뒤 등 손이 닿는 몸 전체의 털에 있는 물기를 짜내고 털고 닦는다. 작업이 끝나고 몸이 전부 마르면 점심을 달라고 합창을 할 것이다. 아니면 말랐다고 생각할 때도 그렇다(때때로 몇 놈은 아주 서툴러 실패하기도 한다). 먼저 초록의 신선한 풀과 수초들이 나뉘어 제공되면(분명 최대한 빨리 울음을 그치게 하겠다는 의도로) 작은 턱을 게걸스럽게 움직여 우적우적 먹어치운다. 이제 새된 울음소리는 만족스러운 작은 웅얼거림으로 잦아들 것이다. 그리고 그 작은 웅얼거림마저 멈추고 작고 까만 눈이 감긴다. 향기로운 풀 위에 함께 꼭 붙어 누워 손 같은 작은 앞발로 서로의 털을 꼭 움켜쥐고 잠이 든다.

이것이 그들의 일과였으리라. 그리고 대략 3주 후에, 길고 어두운 터널로 떨어졌다 미지의 세계에서 위대하고 빛나는 모험을 시작할 영광의 날이 온다. 그들의 전부이자 그들이 한 번도 보지 못한 세계였다.

새끼들이 자는 동안 어른 비버들은 교대로 감시하고 지켰다. 자신들의 생존에 필수적인 요새와 댐을 보호하기 위해 번갈아 점검하고 적들을 경계했다. 그리고 잠이 깬 새끼들을 위한 음식과 잠자리 재료를 모으고 이를 백 번도 넘게 오가며 운반했다. 꽃의 달인 5월 후반에 부모 비버는 아주 바쁜 인간들 같았다.

우리 네 명의 어린 영웅들은 마침내 고무공처럼 꼬리가 먼저 들어가 허우적대지 않고도 바로 잠수가 가능한 감동적인 성장을 하였다. 도움을 소리쳐 요청하지 않고도 꽤 먼 거리를 물 위로 헤엄칠 수 있게 되었다. 어느 정오, 기치 미권이 점심을 먹는 걸 우리가 지켜봤던 바로 그날, 아빠 비버는 통로 쪽 물이 빠지는 걸 알아챘다. 아빠 비버는 잠시 상황을 지켜보았다. 엄마 비버 역시 콸콸거리는 소리를 들었다. 그리고 물이 통로를 소용돌이치며 빠져나가는 것이 보였다.

누군가 댐을 파괴했다!

물이 빈 통로로 두 어른 비버가 차례로 뛰어들었다. 기다릴 시간이 없었다. 귀중한 물이 사라지고 있었다. 새끼들의 생존이 달린 물이었다. 이제 비버의 집은 모두에게 노출되었다. 이는 그들 모두의 죽음을 의미했다. 네 명의 새끼들은 겁에 질려 뭔가 심하게 잘못됐다는 걸 깨달았지만 그게 무엇인지를 알기에는 너무 어렸다. 바짝 긴장한 어른 비버들이 댐 안의 남은 물에서 고군분투하는 동안 새끼들은 꼭 붙어 울어댔다.

비버들은 댐 끝에서 커다란 맥주통만 한 구멍을 찾았다. 거기서 호수 바닥으로 물이 빠르게 빠져나가고 있었다. 비버는 미친 듯이 일했다. 여기저기서 나무토막들을 끌어오고 강변 습지에서 진흙을 있는 대로 퍼오고 면도날처럼 날카로운 이빨로 쓰러진 나무의 가지들을 끊어내고 구멍으로 돌을 굴리고 구멍에 풀과 덤불을 쑤셔 넣고 진흙을 뭉쳐 앞에 있는 틈에 밀어 넣었다. 물이 빠르게 빠져나가는 구멍을 막대기와 돌과 덤불로 빽빽이 메꿨다. 하지만 구멍이 너무 커서 연못은 크게 줄어들어 있었다. 작은 개울에서 채워진 물은 다시 돌아오지 않았고 빠져나가는 속도처럼 빠르게 줄어들었다.

댐은 거의 복구되었지만 연못은 텅 비었다!

비버는 노력했지만 절망했다(동물이 절망감을 느낀다는 얘기는 들어본 적도 없다고 말하지 마라). 비버는 최후의 순간까지도 포기하지 않았다. 그렇게 일이 마무리되자 그들은 힘없이 축 처져 집 안에 있는 네 마리 새끼들에게로 향했다. 그렇게 튼튼하게 지었던 집과 그렇게 애지중지한 새끼들을 보호하는 일은 이제 절망적이었다. 비버는 아주 느리게 아주 짧은 거리만 걸을 수 있다. 이제 그렇게 손쉬운 헤엄이 미끄러운 진흙을 헤치고, 바위를 넘고, 꼬이고 엉킨 해초와 수중 식물들 사이에서 허우적대는 느리고 엉성한 기어가기가 되었다. 지금은 그렇게도 멀게 느껴지는 시커먼 댐으로 가기 위해 비틀대고 기고 끌고 하며 생명 같은 몇 분이나 허비했다. 뭔가

가 비버를 잡을 수도 있었다. 곰이나 늑대가 지나다 이런 비버를 보면 끝이었다. 비버족은 이제 싸울 수도 없는 무방비 상태였다. 운명을 기다릴 뿐이었다.

(빨리! 빨리! 기치 미권, 최고 속도로 뛰어! 우리의 작은 형제가 절망적으로 기다리고 있어. 당장 당신이 필요해. 당장 빨리 거기로 가야 해!)

물이 없는 연못의 진흙 바닥에서 두 명의 어른 비버가 무방비 상태의 집과 새끼들을 향해 느리고 고통스럽고 불쌍하게 짧고 허약한 다리로 허우적대고 있었다. 오두막 안에서 조그마한 손으로 서로의 보송보송한 털을 움켜쥐고 웅크리고 있던 무력한 새끼 비버들은 공포에 질려 넓적하고 흉측한 머리를 가진 검고 미끈한 괴물을 응시하고 있었다. 괴물은 이를 드러내고 뱀처럼 쉭쉭거리며 천천히 새끼들을 향해 출입구로 기어오고 있었다.

니긱, 댐을 부셔 연못 물을 방출한 잔인하고 교활한 굶주린 수달이 원하던 것을 손에 넣기 직전이었다. 새끼 비버 먹이! 이제 그의 시간이었다. 꾸불꾸불한 몸으로 통로를 막아 탈출구는 없었다. 괴물은 도약을 위해 다리를 모았다.

바로 그때 셔츠를 벗은 기치 미권이 총을 장전해 숨을 헐떡이며 댐 옆 갈대 사이를 돌진하고 있었다. 바위를 건너뛰며 비버 오두막으로 향했다.

4 첫 번째 모험

비버족의 집 안. 엄마 아빠 비버가 교대로 향기로운 풀 뭉치와 부드러운 잎들을 가져온다.

수달이 뛰었다. 욕심에 혈안이 된 수달은 새끼들을 한꺼번에 움켜쥐려 했다. 이에 새끼 비버들은 용수철처럼 재빨리 옆으로 몸을 던져 흩어졌다. 특정한 놈을 겨냥하지 않은 수달은 새끼들 모두를 놓쳤고, 있는 힘껏 뛰어 오두막 벽에 부딪혔기 때문에 거의 정신을 잃을 지경이었다. 수달이 잠시 멍해진 틈을 타 새끼들은 놈을 지나 입구로 돌진했다. 수달의 몸으로 막혔던 입구가 이제 열렸다. 정신이 든 수달은 자신의 실수에 엄청 화가 났다. 밖에서 놈들을 한 놈씩 잡을 수 있다고 자신하며 추적에 나서려는데 입구가 다시 어두워졌다. 가장 확실한 경보였다. 다음 순간 수달은 두 어른 비버와 생존을 위한 사투를 벌이고 있었다. 어른 비버들이 아주 아슬아슬하게 도착했다. 항상 장난기 많고 온순한 비버들이 지금은 새끼를 지키기 위해 목숨을 걸고 싸울 태세였다.

수달은 비버들보다 발이 빠르고 난폭하다. 그리고 불독처럼 한번 물면 놓지 않는다. 하지만 비버는 가죽이 질기고 커다란 나무를 베어낼 정도로 튼튼한 끌 같은 앞니가 있다. 전에는 다른 생명을 해치는 데 사용한 적이 없었지만 이제 피부와 근육 깊이 이빨로 물어뜯고 있었다. 손으로 상대를 꽉 움켜잡고 면도날 같은 절단 이빨을 더 깊숙이 박았다. 수달은 물러서지 않고 치열하게 싸우며 우세를 잡기 위해 한 놈의 코와 입을 잡으려 했다. 최소한 한 놈은 이를 쓰지 못하게 하려는 것이다. 하지만 비버가 목을 노리자 기껏해야 방어하기에 급급했다. 털이 있는 큰 도마뱀처럼 몸을 돌려 뒤틀었다. 뱀 같은 목을 좌우로 홱 돌리며 쉭쉭거리고 깍깍대며 으르렁거렸다. 비버는 수달을 이리저리 끌고 다니는 동안에도 죽은 듯이 소리도 없었다. 그저 물고 또 물었다. 눈앞의 적이었고, 어떻게 해서든 제거해야 할 가장 최악의 적일 뿐이었다. 이 악마 같은 괴물과 정정당당하게 싸우는 것은 시간 낭비였다. 반드시 제거해야 할 존재였다. 그들은 계속해서 맞붙어 싸우고 엎치락뒤치락하다 잠수 통로로 굴러 나왔다. 한데 얽혀 꼬리와 다리를 버둥대고 이빨을 번쩍이며 기치 미귄의 바로 앞에 굴러떨어졌다. 그는 날듯이 바위에서 바위로 건너뛰어 비버 오두막 바로 옆에 막 도착한 참이었다. 새로운 지원군의 도착에 수달은 완전히 기가 꺾였다. 수달은 거세게 비버의 포박에서 벗어나 한 발짝 떨어졌다. 비버들은 인디언은 완전 무시하고 도망치는 수달을 쫓아 돌진했다. 하지만 끈적이는 진흙이 뒤에서 비버를 잡아 수달이 도망칠 기회를 얻었다. 수달은 미끄러운 강바닥 앞쪽으로 몸을 던졌고 한 번에 6미터는 미끄러져 갔다. 두세 번 점프하고 다시 미끄러지고, 이런 식으로 수달은 댐에 도착해 댐을 넘어 영원히 사라졌다.

그는 다시는 비버족과 전투를 하지 않을 것이다!

근처 바위에 서 있던 큰 깃털은 수달이 도망치는 걸 보았다. 총으로 수달을 겨냥했다가 충분히 벌을 받았다 싶어 그냥 가게 두었다. 어쨌든 이제 모든 것이 평화로워졌고 물은 다시 모이기 시작했다. 댐 연못에 벌써 상당한 양의 물이 들어왔고 시간이 지나면서 더 불어나고 있었다. 연못 안에는 이미 상당한 크기의 웅덩이가 생겨 점점 커지고 있었고 비버들이 수리한 댐이 물을 가둬두고 있었다. 큰 깃털은 바위가 다시 잠기기 전에 가까운 강가로 서둘러 돌아가야 했다. 하지만 급히 도망쳐 나온 새끼들이 아직 안으로 들어가는 걸 보지 못한 것이 다소 마음에 걸렸다. 그래서 그는 보이지도 않고 냄새가 바람에 퍼져가지도 않을 만한 강변 자리에 앉아 상황을 지켜보았다. 엄마 비버가 새끼들을 한 번에 한 놈씩 모으기 시작했다. 숨어 있던 두 놈이 나왔다. 엄마는 차례대로 넓고 평평한 꼬리 위에 한 놈씩 올려 임시 썰매처럼 끌었다. 새끼는 떨어지지 않게 엄마 비버의 털을 쥐고 똑바로 서서 통로 입구까지 진흙 위를 끌려갔다. 이 작은 친구들은 기묘한 운송 수단을 타고 주위를 둘러보며 보이는 모든 것에 재잘댔다. 아주 신이 난 것이 분명했다. 큰 깃털도 그들처럼 즐겼으리라. 두 놈이 집에 가는 방법이 너무 우스워 혼자 웃기도 했다. 지켜보던 그는 이런 생명을 도살한다는 것은 정말 끔찍이도 부끄러운 일이라는 걸 느꼈다. 새끼들과 소박한 집을 지키기 위해 이렇게 힘들게 노력하는 생명을 말이다. 그들은 서로에게 깊은 애정을 품고 있는 듯했다. 인간 아이를 죽이는 것과 별반 다르지 않다고 여겨졌다. 오늘 여기서 있었던 일들을 그는 전에는 한 번도 본 적 없었고, 왜 나이 든 인디언들이 비버를 수다스러운 작은 형제, 비버족이라고 하는지 깨달았다.

담요도 음식도 없었지만, 그는 수달이 돌아올 경우를 대비해 밤새 거기를 지키기로 마음먹었다. 놈들은 종종 무리 지어 다니기 때문에 다른 놈이 나타날 수도 있었다. 아무도 나타나지 않았다. 다음 날 기치 미궈이 자리를 떠날 때 연못은 완전히 채워져 전처럼 흘러넘치고 있었다. 비밀의 문은 다시 숨겨졌고 거의 모두 전과 같이 제자리로 돌아왔다.

즉 거의 제자리였다. 기치 미권이 알지 못했던 것은 다른 두 마리 새끼였다. 새끼들은 겁을 먹고 혼비백산해서 비버들이 습지 아래 다양한 목적을 위해 판 긴 통로로 계속 기어갔다. 포악한 괴물한테 최대한 멀리 벗어나기 위해 어딘지도 전혀 모른 채 기어갔다. 새끼들은 금지된 댐을 넘어갔다. 뒤에서 들려오는 니긱의 쉭쉭대는 상상 속 숨소리에 사로잡힌 새끼들은 물기 없는 마른 강바닥을 계속 기었다. 그들에겐 현실처럼 생생했고 바로 뒤에 있는 것처럼 가까웠다. 그래서 결국 댐의 구멍 밑으로 급히 기어 나갔다. 간발의 차이였다. 수달이 급히 지나가기 전에 간신히 몸을 숨겼다. 새끼들은 실제로 그 소리를 들었다. 다행히 아주 어린 다른 동물들처럼 새끼 비버들도 체취가 거의 없었다. 그래서 예민하고 호기심 많은 여우조차 우연이 아니라면 그들을 찾을 수 없다. 니긱은 새끼들이 거기 있는 걸 전혀 눈치채지 못한 채 패배 후 최대한 비버 댐에서 멀어졌다.

적이 돌아올까 봐 너무 겁을 먹은 두 꼬맹이들은 앞으로도 뒤로도 가지 못하고 숨은 장소에서 서로 꼭 붙어 있었다. 그렇게 새끼들은 엄마가 찾으러 오기만 기다렸다. 하지만 이젠 수달한테서 그들을 지켜주었던 체취가 없는 것이 문제였다. 부모는 미친 듯이 모든 곳을 수색했지만 흔적을 찾지 못했고, 이미 연못을 벗어난 것도 까맣게 몰랐다. 두렵고 긴장한 새끼들은 실제 그들이 온 거리가 얼마나 짧은지 알아채지 못했다. 그래서 부모 잃은 두 명의 아기들처럼 작은 구멍 안에 처량하고 가련하게 앉아 그들이 사랑하는 낮고 깊은 음성만 귀 기울이며 기다렸다. 항상 작은 문제들을 해결해주고 갈색 털 난 몸을 따뜻하게 품어주고 매일매일 세심하게 빗고 문질러주던 너무 다정했던 엄마를 기다렸다. 그랬다. 엄마 아빠 비버는 항상 새끼들에게 상냥했고 수영하는 법을 가르쳤고 향기로운 풀로 잠자리를 만들어주고 먹을 수 있게 부드러운 잎들을 뿌려주었다. 꼭 엄마 아빠가 바로 찾아올 것이다! 하지만 지금은 향기로운 풀도, 즙이 풍부한 부드러운 새싹도 없었고 딱딱한 바위와 거친 모래만 있었다. 엄마도 아빠도 찾으러 오지 않았다. 무섭고 굶주린 새끼들은 서로를 꼭 껴안고 부들부들 떨며 긴 밤을 보냈다.

족제비처럼 생겼지만, 더 크고 까맣고 호리호리한 동

물이 새끼들이 있는 구멍 안을 흘끗거렸다. 새끼들은 두 마리 쥐새끼처럼 감히 숨도 쉬지 못하고 꼼짝하지 않았다. 동물은 새끼들이 숨어 있는 입구에서 크게 킁킁대다 지나갔다. 밍크였고 두 마리라 공격을 꺼렸던 것이다. 잠시 새끼들은 조심스럽게 댐 밑에서 밖을 내다보다 위에서 달려드는 거대한 회색 형체에 뒤로 확 물러났다. 거대하고 무시무시한 유령 같은 생명체가 노란 눈으로 응시하고 있었다. 새끼들은 간발의 차이로 벗어났다. 높은 나뭇가지에 매달려 새끼들을 노려보다 부리를 딱딱거리며 크고 새된 울음을 길게 울더니 끽끽대는 끔찍한 소리를 냈다.

왑아호Wap-aho, 숲의 '웃는올빼미'가 새끼들을 발견하고 자신의 차례를 참을성 있게 기다리고 있었다. 새끼들이 숨은 곳에서 밖을 살필 때마다 무시무시한 노란 눈으로 내려다보고 있었다.

낮에는 올빼미가 사라졌다. 댐은 다시 물로 가득 차 개울로 자유롭게 흘러넘쳤다. 물을 타고 새끼들은 집을 찾아 출발했다. 집이 얼마나 가까운지 알았다면! 하지만 불쌍한 어린 두 놈들은 완전히 혼동해 전혀 갈피를 잡지 못했다. 물을 거슬러 헤엄치기엔 너무 작았고 새끼들은 쉬운 방법을 택해 물을 따라 흘러갔다. 개울을 흘러 흘러 자신의 집에서 점점 더 멀어졌다. 부모 형제, 짧은 생에서 그렇게 행복하게 놀고 장난치던 집에서 멀어져 갔다.

물에 떠내려오며 기력도 떨어지고 배도 고파 나뭇잎과 풀들을 먹고 싶었지만, 새끼들은 어떻게 구해야 할지 몰랐다. 하지만 다시 물속에 들어오니 조금은 안심이 되었다. 그리고 물 위에 떠서 결국 정해진 결말을 향한 무모한 여행을 이어갔다. 작은 개울이 노란 자작나무 평원에 닿자 물살은 더 느려지고 더 잔잔해졌다. 새끼들은 잔잔한 물 위를 가볍고 부드럽게 떠다녔다. 물가에서 풀을 뜯던 사슴이 고개를 들고 새끼들을 보았다. 부드러운 눈으로 응시하며 긴 귀를 앞으로 쫑긋했다. 더 내려가다 분주해 보이는 사향뒤쥐를 만났다. 사향뒤쥐는 환영이라도 하듯 찍찍하고 지나갔다. 새들이 나무 꼭대기에서 내려다보며 짹짹거렸다. 더 위로는 태양이 따사롭고 쾌청했다. 어딘지 모를 곳으로 잠을 자듯 꿈을 꾸듯 흘러가는 동안 세상은 너무 아름다웠다. 그렇게 계속 꿈처럼 흘러갔더라면, 비버 새끼들은 굶주리고 허약해지다 마침내 잠들어 다시는 일어나지 못했을 터였다.

그리고 그때, 새끼들이 노란 자작나무 숲의 넓고 차가운 물에 닿았을 때 기치 미권이 이를 보았다.

그는 시내 하류의 점심을 먹었던 장소로 다시 돌아와 있었다. 조용히 카누를 띄우고 살며시 노를 저었다. 새끼들은 소리를 듣고 살짝 눈을 떠 그를 보았다. 기치 미권이 검고 작은 꼬리를 잡아 카누에 태워도 그리 두려워하지 않았다. 더는 반응할 힘이 없었을 수도 있고 카누 앞에 그려진 크고 신중한 눈이 교활하거나 난폭한 의도를 가진 것처럼 보이지 않았기 때문일 수도 있다. 아마도 인디언이 자신을 해치지 않으리라는 것을 알고 있었기 때문이리라. 아무리 새끼라도 동물은 누가 자신의 친구인지 알고 있는 것 같다.

인디언은 새끼들을 아주 부드럽게 다뤘다. 두 손으로 감싸질 정도로 작고 애처로웠다. 자신들의 연약한 생명을 위해 작은 전투라도 치르려는 것처럼 조그만 앞발을 약하고 엉성하게 주먹 쥐고 있었다.* 하지만 통통한 머리가 너무 무거워 자꾸 앞으로 떨어졌고 눈은 감

* 비버의 방어 자세. 날카롭고 강한 발톱을 이용할 수도 있지만 상처를 입히지 않으려고 주먹을 쥐었다. 새끼 비버들은 본능적으로 더 부드러운 방법을 택했고 이는 그들의 성향이다.

겨 있었다. 큰 깃털은 새끼들이 죽을 것 같아 안쓰러웠다. 종종 사냥꾼들이 그러듯 그도 평소엔 인정 많은 사람이었다.

그는 새끼들을 구하려 했다. 무엇보다 자신은 비버들을 죽여 모피로 생존해왔고, 이제 그 보답으로 자신의 손안에 흘러든 두 고아를 위해 뭔가를 해야 공정한 것 같았다. 강변에서 식료품 중에 우유 한 통을 가져와 일부를 덜어 물을 타 묽게 섞었다. 그리고 새끼들의 입에 조금씩 흘려 넣었다. 까무잡잡한 큰 손으로 작고 보송보송한 몸을 조심해서 잡고 있자니 얼마나 앙상한지 느껴졌다. 텅 빈 작은 위장으로 우유가 흘러 들어가 어떻게 작은 심장이 미약하게 뛰는지 그대로 전달되었다. 우유를 먹으며 작은 손으로 그의 손가락을 꽉 움켜잡고 있었다. 우유를 먹이며 그의 마음도 조금씩 더 말랑말랑해졌다. 새끼들을 어떻게 해야 할지는 막막했지만 말이다. 지체할 시간이 별로 없었다. 그의 아이들, 세이조와 샤피언에게 언제까지 꼭 돌아오겠다고 약속했고 아이들을 실망시키고 싶지 않았다. 새끼들을 연못에 데려다주면 집으로 들어가는 길을 찾지 못할 것이고, 여기 내버려 두고 가면 틀림없이 굶어 죽을 것이다. 아니면 매나 독수리, 배고픈 물고기한테까지 잡힐 수 있었다. 하지만 그는 갈 길이 멀었고 새끼들은 성가신 존재였다. 무엇보다 큰 위험에 처해 있고 도움이 필요한 아주 작은 동물이었다. 그래서 새끼들을 버려두는 것이 나쁜 짓처럼 느껴졌다. 오래된 시대의 어떤 인디언들은 이런 문제에 있어 엄격한 원칙을 가지고 있었다.

새끼들의 엄마는 그들을 아주 소중하게 키웠다. 하지만 사실 인디언에겐 짧고 동그랗고 작은 몸에 큰 뒷발, 들창코를 가진 그저 흔한 새끼들이었다. 약간 인디언 요정이나 아기 인형, 그 비슷하게 보였다. 새끼들이 귀엽긴 하지만 흔한 동물이었다. 인디언은 마침내 결심했다. 세이조의 반려동물로 딱이었다. 막내딸 세이조의 열한 살 생일이 얼마 남지 않았다. 딱 맞는 아버지 선물이 될 터였다. 반려동물로 키우다 다 크면 다시 원래 집으로 돌려보내 주면 된다. 바로 그때 우유의 효과가 나타났는지 새끼들이 더 칭얼거리기 시작했다. 그 음성이라니! 기치 미권은 그 순간 확실히 결정했다. 어떻게 인간이 아기처럼 우는 두 생명을 버릴 수 있단 말인가? 인디언은 아이들이 어렸을 때를 떠올리며 자신에게 되물었다. 그리고 우유를 조금 더 굶주린 작은 목구멍으로 흘려보냈다.

기치 미권은 인근 소나무들 사이에 있는 쭉 뻗은 자작나무의 거친 껍질을 크게 한 겹 벗겨 가볍고 튼튼한 네모 바구니를 만들었다. 형태를 유지할 수 있게 얇은 삼나무 껍질로 묶고 위에는 꼭 맞는 뚜껑을 만들었다. 뚜껑에는 숨구멍을 잔뜩 뚫고 운반할 수 있게 삼나무 껍질을 꼬아 손잡이를 달았다. 그리고 안에는 풀과 잡동사니로 잠자리를 만들고 비버가 좋아한다고 알려진 초록 식물류를 넣어주었다. 마지막으로 작고 평평한 꼬리를 잡아 안에 넣어주었다(최고의 대우였다!). 새끼들은 깨끗한 잠자리의 달콤한 풀 냄새를 맡았다. 항상 집에서 맡았던 냄새와 비슷했다. 그렇게 원했지만 스스로는 찾지 못한 부드러운 새싹과 잎사귀들을 발견했다. 새로운 친구의 친절하고 부드러운 음성을 들으며 새끼들은 작은 배를 가득 채웠다. 그렇게 하나씩 하나씩 채워졌고 새끼들은 갑자기 기분이 훨씬 좋아졌다.

이제 새끼들은 탁한 숨을 내쉬며 쉭쉭대던 수달을, 노란 눈으로 노려보다 사납게 달려들고 어둠 속에서 소름 끼치는 소리로 웃어대던 올빼미를 까맣게 잊었다. 새끼들은 작게 짹짹, 찍찍이며 함께 재잘거렸다. 오랜 시간 굶은 것을 보상이라도 하듯 더는 들어가지 않을 때까지 먹고 또 먹었다.

큰 깃털은 노를 물 깊이 담그고 자신의 카누를 빠르고 힘차게 저었다. 집으로 돌아가는 길이고 가져온 선물에 기뻐할 아이들이 기다리고 있었다(막내딸보다 세 살 많은 아들 역시 자신의 생일선물이 아니더라도 함께 기뻐할 것이다). 인디언은 고통받던 두 마리의 숲의 생명을 구한 것이 기뻤다. 그래서 카누나 총에, 또는 작은 새끼 비버들이나 자신에게 말하듯이 내뱉었다.

“미노타키야Mino-ta-kiyah, 잘되었다. 케겟Kae-get 미노타키야, 정말 잘되었다!”

두 명의 어린 모험가들도 이제 안심이 되어 아주 조용해졌다. 새끼들은 자신들의 둥지 안에서 실제 아주 편안했다. 그리고 자작나무 껍질 둥지의 숨구멍으로 찌르레기와 지빠귀의 노래와 경쾌하게 콸콸 흐르는 물소리, 졸음에 겨운 곤충들의 울음과 유쾌한 숲의 음성들을 들었다. 하지만 이 새로운 행복조차 다정한 엄마와 아빠, 옛집 그리고 잃어버린 작은 형제들을 완전히 떨쳐내지는 못했다. 절대 잊을 수는 없을 것이다. 그들이 보고 싶어 새끼들은 동시에 작게 훌쩍이며 서로를 꼭 안았다. 그렇게 꼭 붙어 있으니 외로움이 다시 사라졌다. 지쳐서 작은 머리통을 꾸벅이다 작은 흐느낌마저 이제 잦아들었다. 둥글고 검은 눈도 더는 열리지 않았다. 밖에서 들려오던 경쾌한 소리도 아득히 멀어지다 근심 걱정과 함께 마침내 사라졌다. 그리고 새끼들은 잠이 들었다.

이것이 길 잃은 새끼 비버들이(500cc 용기에 두 놈이 함께 들어갈 정도로 작다) 어떻게 새로운 집과 친구들을 만나는 여행을 하게 되었는지의 과정이다. 가장 현명한 비버조차 이제껏 들어본 적도 없는 수많은 신기하고 놀라운 것들을 보고, 확신컨대 이전까지 어떤 비버도 경험하지 못한 모험을 하게 된 이야기이다.

정말이었다. 큰 깃털이 말했듯이 미노타키야, 정말 잘되었다!

5 세이조의 생일

SAJO'S BIRTHDAY

CHAPTER FIVE

자작나무 껍질을 잘라 새끼 비버들을 위한 바구니를 만드는 큰 깃털

일주일쯤 지난 어느 날, 세이조와 샤피언은 아버지를 맞을 준비로 바빴다. 기치 미권의 집은 '말하는 물의 장소'라는 의미인 오피피소웨이O-pee-pee-soway 인디언 마을에서 다소 떨어져 있었다. 근처의 작고 낮은 폭포 때문에 인디언들은 마을 이름을 그렇게 지었다. 작은 물거품을 만들며 졸졸 흐르는 낮고 감미로운 소리에 사람들은 폭포에 영혼들이 있다고들 했다.

소나무 원목으로 지은 그들의 오두막은 호숫가에서 그리 멀지 않은, 풀이 무성한 언덕 위에 자리하고 있었다. 오두막 바로 뒤에서 숲이 시작되고 주위의 쓰러진 나무나 덤불을 말끔히 정리해 나무들만 쭉 뻗어 있었다. 오두막에서 나무들 사이로 호수의 근사한 풍광이 내려다보이는 아름다운 오솔길이 나 있었다. 호수는 컸고 건너편 물가는 나무가 무성한 언덕이 줄지어 급경사를 이루다 드넓고 짙은 바다 같은 푸른 물로 뚝 떨어지는 것처럼 보였다. 오두막에서 호수까지 좁은 통로, 수로가 경사져 있었다. 카누를 대는 물가에는 크고 우아한 포플러 숲이 있었다. 기치 미권과 어린 아들딸들은 그 울창한 나무 그늘 아래서 행복한 여름날들을 보냈고 종종 식사도 거기서 했다.

크진 않았지만, 오두막의 외관은 아주 깔끔했다. 적갈색 통나무 벽에 그 사이사이 초록과 노랑 이끼들로 덮여 있다. 방은 하나였지만 안을 둘러보면 더 안락했다. 평평하게 잘라 꼭 맞춰 이은 단단한 통나무 마루에 벽을 따라 침대 세 개가 나란히 있었고 그 위에는 푹신한 허드슨베이 담요가 단정하게 접혀 있었다. 담요는 각각 빨간색, 하얀색, 녹색으로 끝에는 모두 넓은 검정단이 있다. 담요로 공간이 화사하고 생기 있게 보였다. 세 개의 큰 통창 유리는 그래야 마땅하다는 듯 얼룩 하나 없이 반짝였다. 그리고 샤피언이 놓아둔 소총 총신 안쪽에서도 빛이 번쩍였다. 사실 그렇게 윤을 낸 것은 그의 생각이었다. 그는 자신의 총을 그렇게 관리했다. 오늘도 기름을 발라 안팎을 박박 문질러 한쪽 구석에서 반짝반짝 빛이 날 정도였다. 문 정면에 놓여 집에 들어오면 눈에 띌 수밖에 없었다. 무역거래소에서 최고급 밍크 가죽 네 개를 주고 총을 구입했다. 아마도 가진 것이 많지는 않겠지만 그의 소유물 중에 가장 소중한 것이었다.

세이조는 부들잎이 길고 갈색 꽃대가 달린 수생 식물 줄기를 모아 말렸다 잘게 짤라 파랑, 빨강, 노랑으로 물들이고 얇고 긴 나무 구슬처럼 끈으로 꿰었다. 그리고 이를 창문 옆에 줄줄이 걸었다. 무늬처럼 각기 다른 색깔로 배열해 아주 화려해 보였다. 세이조는 커튼 같다고 생각하며 백 번도 넘게 이를 힐끗대곤 했다.

탁자에는 자리마다 접시와 칼과 포크를 가지런히 놓았고 중앙에는 갓 구워 김이 모락모락 나는 커다란 인디언 빵이나 배넉을, 그 빵 위에는 손보다 작은 전나무를 꽂아두었다. 작은 크리스마스트리였다. 크리스마스는 아니었지만 세이조가 크리스마스처럼 행복했기 때문이었다. 자신이 느끼는 것을 표현하는 그녀만의 방식이었다. 새것처럼 윤이 나는 철 난로에는 솥도 다리도 없이 평평한 돌만 바닥에서 살짝 높게 얹혀 있었다. 아주 편리한 방법이었다. 빵을 굽거나 다른 조리를 할 때 반죽을 난로 위에 잠시 얹어두기만 하면 되었다. 따뜻한 돌 사이에 넣어두면 끝이었다. 불 위의 열기로 아주 먹음직스럽게 익었다. 그렇지 않으면 반쯤 익었을 때 프라이팬에서 빵을 뒤집어야 하는 데다 망칠 위험도 있었다. 세이조는 빵을 아주 잘 만들었다(나는 많이 먹어보았기 때문에 자신 있게 말할 수 있다).

샤피언도 자기 몫을 해야 했고 난로 뒤 상자의 큰 장

작들이 그의 몫인 듯했다. 그리고 바닥 중앙에 깔린 사슴가죽 깔개를 다시 펴서 말려야 했다. 그동안 구석의 아주 소중한 소총으로 잡은 고기의 최고 좋은 부위가 난로 위 거대한 솥에서 조리되고 있었다. 또래보다 키가 큰 샤피언은 거의 성인 남자처럼 보였고 오지브웨이 부족 특유의 구릿빛 피부와 검은 눈을 가졌다. 그는 조용히 앉아 기다리고 있었다. 아버지는 오늘 돌아오겠다고 하셨고 거의 예측할 수 없는 숲의 생활에서도 항상 약속을 지키셨다. 하지만 자기보다 어린 여동생은 갈색 눈이 이미 흥분으로 벌게졌고, 두 갈래로 땋아 뒤로 늘어뜨린 칠흑 같은 머리를 흔들며 이리저리 뛰고 총총거리고 넘어 다녔다. 요리를 하고 탁자 주위에 의자로 사용하는 거친 나무상자를 놓고 마지막으로 나무 칸막이를 둘렀다.

샤피언은 호수가 한눈에 내다보이는 창문 앞에 자리를 잡고 아버지의 카누가 모습을 보이길 기다렸다. 안 그런 척, 방의 가장 구석 창문 앞에 자리하고 흥분한 기색을 드러내지 않으려 했다. 사실 자신이 얼마나 초조한지 절대 드러내면 안 된다고 그는 생각했다. 스스로 이제 다 컸다고 여겼지만 겨우 열넷이었다. 한 달

넘게 가장 역할을 잘 해왔다. 세이조는 작게 노래를 흥얼거리며 색색의 체크무늬 치마를 펄럭이고 일하고 있었다. 춤추는 듯한 두 발에는 특별한 때만 신는 구슬 달린 아름다운 모카신이 신겨 있었다. 그녀에게 중요한 날이기 때문이었다. 너무나 사랑하는 아버지가 집으로 돌아오시는 날일 뿐만 아니라 오늘은 그녀의 생일이었다. 불쌍한 세이조! 어머니가 야생화 아래 묻혀 잠든 이후에 그녀는 생일선물을 거의 받지 못했다. 하지만 딱 두 번, 아버지가 생일 때 준 나무 인형 두 개를 아직도 간직하고 있었다. 올해는 아버지가 멀리 계셨고, 그녀를 위해 뭔가를 준비할 시간이 없으셨을 것이다. 그래서 칠아위, 칙아니란 이름의 인형 두 개를 꺼내 침대 끝에 앉혔다. 인형들은 세이조와 똑같은 체크무늬 옷을 입었지만 별로 화사해 보이지 않았다. 닮그든 바르든 페인트 붓으로 피부를 다시 만질 필요가 있었다. 두 인형 다 둥근 나무 얼굴에 작은 머리 두건을 쓰고 있다. 다시 보니 다소 멍청하게 보였다. 인형은 손도, 코도, 입도 없었고 서로 차이도 없는 것 같았다. 이번에 해야 할 듯했다. 우리는 별 차이를 모르겠지만, 최소한 세이조는 그렇게 생각하며 즐겁게 자신의 일을 계획했고 곧 있을 아주 놀라운 일은 전혀 짐작도 하지 못했다.

샤피언은 그대로 앉아서 창문 유리에 비친 방을 지켜보며 동생이 그렇게 흥분해서 정신없이 굴지 말고 조금 더 품위 있게 행동했으면 했다. 같은 날 겹친 이런 큰 일정이면 여자들은 부산스럽기 마련이지 싶었다. 하지만 이번에는 자신도 아주 빠르게 가슴이 두근거리기 시작했고 창문을 넘어갈 뻔한 걸 간신히 참았다. 호수 건너편 멀리, 아주 멀리서 작은 점이 보였다.

"세이조," 그는 평소 말투대로 천천히 또박또박 말했다. "아버지가 오고 계셔."

"어디! 어디!" 세이조가 소리쳤다. 그리고 대답을 기다릴 새도 없이 머리 두건을 벗어던지고 문으로 달려나가 정신없이 사방을 둘러보았다. "어디야? 빨리 알려줘!"

샤피언이 호수 넘어 점을 가리켰다. "저기, 작은 점"

"아!" 세이조의 목소리가 작아졌다. 작은 점은 다른 것일 수도 있었다. "곰이나 무스가 수영하는 걸지도 몰라." 오빠가 부인해주길 바라며 의혹을 내비쳤다. 하지만 대답을 듣기 전에 정답이 나왔다.

멀리 희미하게 소리가 들렸다. 희미하지만 날카로운 총소리, 그리고 바로 또 한 번. 잠시 쉬었다 세 번째, 그리고 다시 한번.

"신호야. 신호!" 세이조가 소리쳤다. 샤피언이 조용히 대꾸했다. "그래, 아버지 신호야." 그리고 뭐부터 해야 할지 몰라 잠시 멍해 있다 급히 여동생과 오두막으로 뛰어들어 갔다. "빨리 준비하자." 카누가 수 킬로는 떨어져 있지만 한 시간도 안 걸릴 터였다. 엄청나게 부산을 떨며 바로 일에 착수했다. 아이들은 세이조가 매년 준비하는 블루베리와 야생딸기 항아리가 놓인 선반으로 달려갔다(이 항아리는 세이조가 혼자 한 첫 작품이었다. 하지만 그녀는 매년 해온 것처럼 아주 훌륭하게 해냈다). 아이들은 큰 차 통을 끓이기 위해 난로에 걸고 긴 쇠포크로 고기가 익었는지 뒤적였다. 그리고 탁자에서 난로로, 난로에서 탁자로 왔다 갔다 했다. 아이들은 이런 상황에 놓인 다른 아이들처럼 많은 일을 해치웠다. 그들이 부자든 가난하든 왕족이든 아니면 설령 두 명의 작은 인디언 아이들일지라도 말이다.

마침내 오래 기다려온 시간이 왔고 신중한 눈과 흔들리는 꼬리를 가진 카누가 살며시 모래 강변에 멈췄다. 모두 동시에 떠들기 시작했다. 기치 미권은 강변에 내려 아이들의 손을 잡았다. 한 아이의 손을 잡고 뒤로는 다른 아이의 손을 잡는 등 그가 할 수 있는 최대로 많이 잡았다. 그리고 동시에 쏟아지는 질문에 대답하려 애썼다. 근엄해 보이는 얼굴에 미소와 웃음이 가득한 채 결국 소리쳤다. "얘들아, 얘들아. 말 좀 하자. 나도 말 좀 하자. 그래 나는 무사하고, 혼혈인들은 보지 못했고, 우리 사냥구역도 안전하고, 아냐. 아냐. 그래, 그래. 너희들이 그리웠고 이렇게 봐서 너무 행복하고, 내 세이조 생일 축하해. 생일 축하해 내 막내딸." 그때까지 그는 한 손을 뒤로 감추고 있었다. 그리고 우리의 짐작대로 그 손에는 자작나무 껍질 바구니가 있었다. 껍질을 꼬아 만든 바구니 손잡이를 아이들 손에 닿지 않게 높이 들고 말했다.

"가만, 가만 얘들아! 세이조, 네 생일선물을 가져왔다." 그리고 그녀에게 바구니를 건네며 조심하라고 말했다. 그리고 샤피언에게 덧붙였다. "네 선물이기도 하다, 내 아들. 두 마리가 있다."

"뭐가 둘이에요, 아버지?" 아들이 묻고는 물러나는 여동생을 보았다. "바구니에 뭐가 있니?"

큰 깃털은 아들에게 기다리라고 말하고 세이조를 따라 오두막으로 들어갔다. 세이조는 놀라움의 표현처럼 경쾌하게 미끄러지듯 집으로 들어갔다. 구슬 달린 작은 모카신이 엄청 빠른 속도로 체크무늬 치마 안팎에서 왔다 갔다 하며 반짝였다. 바구니가 흔들리지 않게 무릎 위로 몸을 꼿꼿이 세우고 있었다. 가벼운 충격에도 산산조각이 날, 크고 아주 연약한 달걀이라도 되는 듯 흔들리지 않게 앞으로 안고 있었다. 정체를 알 수 없는 바구니에서 너무 이상한 소리가 들려서 세이조는 진짜 조심스럽게 옮겼다. '아기, 아니 아기들.' 세이조는 생각했다. 이렇게 작은 데 들어 있으니 정말 작은 새끼들인 것 같았다. 집에 들어와 세이조는 바닥에 아주 조심스럽게 바구니를 놓았다. 샤피언이 바로 따라와 옆쪽을 잡았다. 세이조는 뚜껑을 열고 안을 들여다보았다. 우리가 내내 알고 있던 것, 새끼 두 마리가 있었다. 둥글고 보송보송한 몸에 바구니 끝을 잡고 있는 작은 손 같은 네 개의 발, 신발 단추처럼 반짝이는 검은 두 눈이 소녀를 아는 사람처럼 올려다보고 있었다.

"와!" 세이조는 감탄사를 내뱉었다. 숨을 몰아쉬며 연달아 "와! 와!" 하고 외쳤다. 지금 할 수 있는 유일한 말이었고 달리 표현할 말도 없었다. 그래서 다시 "와우!" 감탄사만 내뱉을 뿐이었다.

"테디베어, 살아 있는 테디베어!" 세이조는 소리쳤다(테디베어는 당시 열광적인 인기였다. 전 세계의 모든 아이들이 테디베어를 갖고 있든지 갖고 싶어 했다). 그리고 새끼들이 나올 수 있게 바구니를 천천히 옆으로 기울였다. 세이조는 꼬리를 보고 무엇의 새끼인지 알았다. 테디베어보다 더 좋았다.

"새끼 비버야. 새끼 비버." 샤피언이 흥분한 표정으로 소리쳤다. 그의 치기 어린 품위는 온데간데없이 사라졌다. "진짜 살아 있는 비버!" 큰 깃털은 웃으며 기뻐하는 아이들을 내려다보았다. 아이들이 선물에 보이는 반응에 그도 정말 기뻤다. 세이조는 바닥에서 어리둥절하고 있는 새끼들 옆에 앉았다. 여전히 입을 벌리고 있었지만 더는 아무 소리도 나오지 않았다.

이제 세이조는 커튼을 자랑하고 싶어 아버지의 관심을 끌려고 애썼다. 물론 인디언의 예리한 눈썰미로 이를 놓치지 않았으니 안심해도 된다. 저녁도 이미 준비되었고 문제의 총도 구석에서 자신의 차례를 기다리며 번쩍번쩍 빛나고 있었다.

기치 미귄은 긴 여정에서 새끼들을 잘 먹이고 아주 세심히 돌보았다. 이제 새끼들은 동글동글하고 통통히 살이 올라 귀여워 보였다. 세이조는 이제껏 본 것 중에 가장 귀여운 생물이라고 생각했다. 새끼들이 애처롭게 낑낑대며 세이조의 무릎 위로 기어오르려 하자 그녀는 몸을 숙여 새끼들을 안아 들고 부드러운 털에 얼굴을 문질렀다. 향긋한 풀과 버드나무 껍질로 된 잠자리의 달콤한 냄새가 났다. 곧바로 큰 깃털과 샤피언은 이 작은 손님들이 먹고 깔 만한 신선한 풀들을 구하러 나가고 세이조만 집에 남았다. 새끼들이 저만치 떨어지면 세이조는 비버 새끼들을 들어 올려 땅딸막한 몸을 안았다. 그녀의 두 작은 손안에 한 번에 쉽게 들어왔다. 세이조는 새끼들에게 부드럽게 속삭였고 놀랍게도 새끼들은 아기들처럼 그녀에게 대꾸했다. 조그마한 손(달리 부를 말이 없다)으로 세이조의 손가락을 잡고 때로는 아주 총명해 보이는 까만 눈을 반짝이며 세이조를 친근하게 바라보았다. 세이조가 팔로 두 마리를 함께 안자 작게 즐거운 소리를 내며 따뜻하고 축축한 코를 그녀의 목에 묻고는 진짜 아기처럼 콧바람을 불며 킁킁거렸다.

세이조는 자신이 이들을 정말 사랑하게 되리라는 걸 깨달았다.

그리고 그때까지 다소 침울해 보였던 인형 칠아위, 칙아니가 더 안쓰러워 보였고 이 가엾은 존재들을 더 아프게 하지 말아야겠다고 생각했다. 세이조는 그들의 자리인 선반으로 인형들을 돌려보내고 얼굴을 벽 쪽으로 돌려놓았다.

멀고 먼 북쪽 나라 숲의 소박한 통나무 오두막에서 세 명에게는 정말 행복한 날이었다. 기치 미귄은 집에 돌아온 것이 너무 기뻤고, 샤피언은 아버지가 비버를 하나 맡긴 데다 일에 대한 칭찬을 받았고, 세이조는 이제까지 받았던 것 중에 가장 환상적인 생일선물을 받았기 때문이었다.

6 큰 꼬마와 작은 꼬마

CHAPTER SIX

BIG SMALL AND LITTLE SMALL

비버들은 다 알아듣는 것처럼 앉아 이야기를 듣다가 웃음을 참을 수 없다는 듯 바닥을 구르곤 했다.

새끼들은 바로 새로운 생활을 좋아하게 되었다. 어떤 인간도 부모를 대신할 순 없지만, 그들이 편안히 생활할 수 있게 모든 것이 갖춰졌다.

샤피언은 자신의 침대 밑에 자작나무 껍질로 칸막이를 만들고 한쪽 끝은 열어두었다. 비버들의 집이었고 비버들은 바로 집처럼 편히 여겼다. 기치 미귄은 바닥에 구멍을 파서 대야를 맞춰 넣었다. 아주 훌륭하진 않지만 연못 대용이었고 잠수 통로 정도의 크기였다. 비버들은 거기서 하루의 반을 보냈고 얇은 가지나 나뭇잎들을 먹으며 물 위에 누워 있었다. 대야에서 나오면 조그만 사람처럼 통통한 몸을 세우고 앉아 털들을 손질했다. 먼저 작은 주먹으로 털을 한 움큼 쥐어 물을 짰다. 그러고 나면 털가죽 전체를 이중 발톱으로 꼼꼼하게 빗질했다. 이때를 위해 비버들은 뒷발에 하나씩 이중 발톱을 갖추고 있다. 아주 진지하고 능률적이며 순식간에 모든 일이 끝났다. 세이조는 그럴 때마다 신기해하며 종종 이들을 도와주기도 했다. 손가락 끝으로 한 방향으로 문질러주면 그다음에 비버들이 더 세게 문지르는 식이었다.

이런 식으로 몸을 말리는 것이 그들의 방식이었다.

몸을 똑바로 세우고 팔을 최대한 머리 위로 높이 들어 다른 손으로 옆구리를 문지른다. 스코틀랜드 북부의 민속춤이라도 추고 있는 것처럼 보였다. 작은 가지의 껍질을 벗겨 먹는 동안에도 종종 이런 식으로 앉아 있었다. 나뭇가지를 손에 엇갈려 잡고 빙빙 돌리면서 이로 부지런히 껍질을 벗겨냈다. 그리고 피리를 부는 어떤 작은 노인처럼 사방을 돌아다녔다. 때때로 다양한 쇼를 보여주기도 했고 나뭇가지가 아주 얇아지면 한 번에 통째로 먹기도 했다. 한쪽 끝을 입에 넣고 손으로 밀어당기며 날카로운 앞니로 아주 빠르게 작은 조각으로 쪼개 먹었다. 기계적으로 자르는 탁탁 소리가 재봉틀 돌리는 소리처럼 들렸다. 고개를 들고 나뭇가지를 밀어 넣으면 목구멍으로 천천히 내려가는 것이 언뜻 보였다. 아주 흡족하게 칼을 삼키고 있는 한 쌍처럼 보였고 칼이 식성에 잘 맞는 듯했다.

처음 두 주 정도는 우유를 먹여야 했다. 마을의 이웃집에서 세이조가 젖병과 젖꼭지를 빌려와 새끼들을 교대로 먹였다. 하지만 한 놈이 먹는 동안(양손으로 병목을 힘껏 쥐어짰다) 다른 한 놈은 주위를 기어 다니며 시끄럽게 울고 난리를 치며 우유병을 잡으려 했다. 순서는 엉

망이 되고 뒤죽박죽되었다. 우유병이 엎어져 몽땅 쏟기도 했다. 그래서 결국 다른 병과 다른 젖꼭지를 구해야 했다. 샤피언이 한 놈을 먹이는 동안 세이조가 다른 놈을 먹였다. 시간이 좀 지나 빵과 우유를 먹을 정도가 되자 좀 수월해졌다. 아이들처럼 각자 작은 개인 접시를 소유했다. 비버들은 한 손으로 반죽을 집어 들고 재빨리 입으로 쑤셔 넣었다(비버들의 식사 예절이 그리 좋지 않은 것이 걱정스럽다). 자주 큰 소리로 입을 쩝쩝거리거나 들릴 정도로 킁킁거렸다. 또 입에 음식을 가득 넣고 떠들었다. 하지만 모두가 갖지 못한 훌륭한 점도 있었다. 다 먹고 나면 각자의 접시를 치우는 걸 좋아했다. 바닥 구석이나 난로로 접시를 밀고 갔다. 물론 우유에 적신 빵이 접시에 어느 정도 남아 있으면 그들에게는 더 좋았다. 접시가 목적지에 도착할 때까지 남아 있는 음식물 잔해들은 으깨지고 뭉개져 그들이 지나간 방향으로 떨어져 있었다. 바닥은 부분부분 문질러 다시 닦아야 하는 작고 끈적끈적한 비버의 흔적들로 멋지게 장식되었다. 항상 세이조가 '큰 사람'의 접시들처럼 작은 접시들을 거둬 씻곤 했다. 따로따로 먹이자 각각의 비버 새끼들은 아이 중 하나를 자신의 특별한 친구로 여기게 되었다. 아이들이 부르면 각기 따로따로 왔다. 처음에 새끼들은 이름이 없었고 아이들은 "운다스Undaas, 운다스. 아믹Amik, 아믹"이라고 불렀다. '이리 와, 이리 와. 비버, 비버'라는 뜻이다. 하지만 곧 세이조는 비버들이 처음 도착한 날 두 나무 인형이 이 새로 들어온 아이들에게 자기 자리를 빼앗기는 것처럼 지켜보고 있던 것이 기억났다. 그러니 아마도 그들의 이름을 따는 게 좋겠다고 그녀는 생각했다. 그래서 비버들을 칠아위와 칙아니로 불렀다. 큰 꼬마Big Small와 작은 꼬마Little Small라는 뜻이다. 두 놈 중 큰 놈은 칠아위였고 작은 놈은 칙아니였다. 그렇게 새끼들은 이름을 얻었다. 아주 잘 어울리는 이름이었다. 무엇보다 새끼들은 작았다. 그리고 선반 아래로 내려온 털이 보송보송한, 살아 있는 인형들이었다. 이름을 알아듣기까지 그리 오래 걸리지 않았고, 이름을 부르면 항상 샤피언 침대 밑 집에서 모습을 드러냈다. 하지만 발음이 거의 비슷해서 한 놈을 부르면 둘 다 왔다. 새끼들은 똑 닮았고 키 차이도 크지 않아 구분하기가 아주 어려웠다. 상황이 더 심각했던 건 둘이 똑같이 자라는 것이 아니라 한동안은 한 놈이 다른 놈보다 더 빨리 자랐다. 한 놈이 꾸물거리고 있으면 다른 놈이 따라잡아 머리 하나는 더 튀어나왔다. 한 놈이 다른 놈보다 컸다가. 다른 놈이 그 놈보다 커졌다. 작은 꼬마가 아주 잠시 큰 꼬마가 되곤 했다. 그러면 큰 꼬마가 작은 꼬마인 척하고 돌아다녔다. 이름을 바꾸는 즉시 크기가 변했고 이름이 맞는 시기보다 새끼들이 다시 크기가 바뀌는 것이 더 빨랐다. 중간 단계에서 어느 정도 비슷하게 자랄 때도 둘이 완벽히 식별되지는 않았다.

아주 당황스러웠던 세이조는 둘 다 한 이름으로 쓰기로 결심하고 모두 "꼬마"들이라고 불렀다. 그러나 칠아위가 자신만의 방식으로 문제를 해결했다. 그는 난로 아래 따뜻한 구멍에서 자는 버릇이 있었다. 어느 날 심하게 털이 타는 냄새와 함께 그가 거기서 나올 줄은 상상도 하지 못했다. 난로를 열어 점검하고 다 쓸어내고 연통까지 두드려보았다. 하지만 타는 냄새는 내내 더 심해졌다. 누군가 난로 아래를 들여다보았고 칠아위가 등의 털이 바싹 그슬리는 동안에도 거기서 태연히 자고 있었다. 그는 털가죽 군데군데 심한 반점이 생긴 채 끌려 나왔다. 가축 농장의 표식이 달린 소들처럼 아주 훌륭한 낙인이었다. 반점은 여름 내내 있었고 이제 누가 누군지 구분하기가 아주 쉬워졌다. 탄 놈은 칠아워, 아닌 놈은 칙아니 이런 식으로 불렀다. 작은 차이는 있었지만, 새끼들도 각자 자신의 이름을 알게 되었고 마침내 모든 문제가 해결되었다.

칠아워와 칙아니는 다소 수다스러운 완벽한 한 쌍이었다. 항상 함께 재잘거렸고 때로는 정말 괴상한 소리를 내기도 했다. 아이들이 말을 걸 때마다 거의 항상 '매애' 울거나 '끽끽'대는 합창으로 대답했다. 물이나 나무를 운반하고 바닥을 닦는 등의 일이 있거나 사람들이 평소와 다르게 웃고 떠들거나 방문객이 있으면 두 놈 다 튀어나와 무슨 일인가 보고 끼어들었다. 온갖 소동으로 방해하는, 보통은 귀여운 골칫거리였다. 탁자에서 음식 부스러기라도 떨어지면 먹거나 쟁여두기 위해 자신의 집으로 가져갔다. 손님을 너무 성가시게 하면 말썽꾸러기 아이들에게 하듯 배닉 조각으로 꾀어 다시 집으로 돌려보냈다. 하지만 바로 배닉 조각을 더 얻으려 기어 나왔다. 집에 넣으면 다시 나오고 집에 넣으면 다시 나왔다. 그리고 손님이 있을 때가 배닉을 얻을 기회라는 걸 바로 알아차렸다. 식사 시간은 귀신같이 알고 시간에 딱 맞춰 나와 사람 옷을 잡아당기고 울며 배넉을 졸랐고 사람 다리까지 기어오르곤 했다. 당연히 새끼들은 항상 원하는 걸 얻었다. 그러고 나면 머리를 흔들며 우아하게 총총 뛰어 침대 밑 숙소로 달려갔다.

비버들은 아이들 주위를 끊임없이 따라다니며 그 뒤를 총총거렸다. 그 짧은 다리로 바닥에 거의 붙어 발이 보이지 않을 정도로 뛰었다. 그래서 장난감 가게에서 나온 시계태엽 인형 같았고, 감긴 태엽이 절대 멈추지 않았다. 모카신이나 불쏘시개 장작, 그 외의 바닥에서 발견한 어떤 것이든 여기저기로 끌고 다녔다. 더 크고 힘이 세진 후에는 나무상자에서 장작을 훔쳐 자신의 숙소로 가져가기도 했다. 거기서 끝이 예리한 이빨로 얇게 잘라내 잠자리 깔짚으로 만들었다. 훌륭하고 정갈한 깔짚이었다. 바닥에 떨어진 작은 옷가지도 바로 집지 않으면 눈 깜짝할 사이에 비버 집으로 사라졌다. 빗자루는 밑에서 잡아당겨 주위에 끌어다 놓았다. 빗자루와 장작은 비버들이 애호하는 장난감인 듯했다. 가지고 노는 소리로 보아 아주 신난 듯했다.

하지만 비버들의 최고 놀이는 레슬링이었다. 뒷발로 서서 짧은 팔을 최대한 서로에게 두르고 머리는 서로의 어깨에 댄다. 비버들은 서로를 넘어뜨리려 한다. 넓은 꼬리와 크고 엉킨 뒷다리로 굳건히 버티며 당기고 미는 거친 시합이다. 그리고 한 놈이 밀린다 싶을 때까지 용을 쓴다. 한 놈이 균형을 잡기 위해 뒤로 물러나면 다른 놈이 기회를 놓치지 않고 있는 힘껏 끝까지 밀어붙인다. 때로는 밀리던 놈이 밀기 시작하는 반전이 일어나기도 한다. 그럼 반대 방향으로 움직이기 시작한다. 그렇게 앞으로 뒤로 빙글빙글, 한 번에 몇 분씩 비버들은 자신들만의 이 이상한 게임을 수행한다. 어찌 보면 두 놈이 왈츠라도 추고 있는 것처럼 보인다. 시합이 계속되는 내내 끙끙대다 헉헉거리고, 어딘가에서 비명과 고함이 터져 나온다. 발을 수도 없이 쿵쿵대고 꼬리로 바닥을 탁탁 치며 주도권을 쥐려 한다. 한 놈이 뒤로 밀려나 꼬리가 아래 깔리고 등을 바닥에 대면 즉시 멈추고 미친놈들처럼 튀어 달아난다. 항상 최고로 고조된 상태로 끝났고, 아이들은 이 시합을 보는 것이 한 번도 지루한 적이 없었다.

이 소란스러운 시합 사이에 플루트 연주와 칼 삼키기, 구걸, 나무나 눈신 굴리기 등이 있었다. 어느 날은 비버들이 잠들고 나서야 이 소동이 끝났다. 비버들은 같이 살고 싶은, 정신없고 시끄럽고 유쾌한 한 쌍의 작은 존재들이었다.

하지만 항상 활동적인 건 아니었다. 아주 조용할 때도 있었다. 손을 가슴과 꼬리에 딱 붙이고 근엄하게 함께 앉아 무엇이든 지켜보고 있었다. 두 마리 쥐새끼들처럼 말없이 보고 들은 모든 것을 이해하려 애썼다. 초콜릿색 아기나 못난이 인형처럼 나란히 거기 웅크리고 있곤 했다. 그럼 세이조는 비버들 앞에 무릎을 꿇고 앉아 이야기를 해주었다. 비버들의 코앞에서 오케스트라 지휘라도 하듯 손가락으로 의사소통을 하곤 했다. 그러면 비버들은 거기 앉아 귀 기울이며 아주 가까이서 그녀의 손가락을 지켜보았다. 그리고 곧 머리를 앞뒤나 좌우로 흔들곤 했는데 만족스러울 때는 항상 그렇게 했다. 그러다 결국 머리와 몸 전체를 너무 심하게 흔들어 넘어지거나 바닥에 구르곤 했다. 마치 말들을 모두 이해하고 이야기 장면 장면에 웃지 않을 수 없다는 듯이.* 샤피언은 이 모두를 지켜보고 서 있다 다소 우스꽝스럽다고 느꼈다. 하지만 동시에 자신 역시 이 이야기 만들기 놀이에 낄 수 있는 사람이었으면 하고 개인

* 이야기에서 묘사된 모든 다른 동물 행동처럼 실제 사실이다. 사람 손에 자란 새끼 버버들은 이런 식으로 자신의 감정을 전달한다.

적으로 바라기도 했다. 이런 어른스러움이 재미를 방해할 때도 있다!

때로는 외로워진 어린 친구들이 작고 어두운 숙소에서 함께 훌쩍이기도 했다. 엄마를 잊어본 적이 없던 세이조는 왜 그들이 슬퍼하는지 알았다. 세이조는 새끼들을 팔에 안고 부드럽게 자장가를 불러주며 달래려 애썼다. 비버들은 그녀에게 딱 붙어 잃어버리기라도 할 것처럼 서로를 꽉 끌어안았다. 그리고 그들이 그렇게 사랑하는 그녀의 따뜻하고 부드러운 목 부분에 축축한 코를 묻었다. 곧이어 훌쩍이는 소리가 그치고 이제 괜찮은 듯했다. 크고 긴 한숨을 내쉬고 행복하게 웅얼거리다 잠이 들었다.

무엇보다 아무리 말썽을 피우고 소란스럽고 장난이 심해도 그저 엄마 잃은 작은 고아들이었다. 비버들은 잃어버렸지만 절대 잊지 못할 엄마 아빠에게 주었던 그대로의 사랑을 이 인간 아이들에게 서툴게 전하고 있었다.

특히 칙아니는 세이조를 사랑했다. 칙아니는 칠아위보다 약했고, 더 얌전하고, 온순했다. 칠아위는 쾌활한 편이었고 다소 과시적이었다. 그저 재미있으면 되는 녀

석이었고 일상이 모두 장난이었다. 하지만 칙아니는 괜히 종종 침울해져서 구석에서 끌어내 안고 위로해주어야 했다. 때로는 밤에 나와 세이조의 침대 옆에서 울곤 했다. 그러면 그를 침대로 데려와 자신의 옆에서 재웠다. 그동안 칠아위는 숙소에 벌렁 드러누워 근심 걱정 없는 녀석처럼 코를 드르렁거렸다. 칙아니는 코를 난로에 부딪거나 레슬링 시합에서 최악으로 지거나, 작은 문제가 생기면 위로를 받기 위해 세이조를 찾아왔다.

더 약했기 때문에 세이조는 항상 칙아니가 더 안쓰러웠다. 그래서 옆에서 무릎을 굽혀주면 칙아니는 그 위로 기어올라 행복하고 만족스럽게 누워 있었다. 칠아위는 아주 운수 나쁜 날이었다 해도 별로 마음에 두지 않는 듯했다. 칙아니 옆을 비집고 들어와 자기 몫의 애정을 확인하고는 분명 하루 일정을 아주 만끽하는 듯한 깊은 한숨을 몇 번 내쉬며 누워 있곤 했다. 그리고 세이조는 이들을 방해하지 않으려고 그들이 움직일 때까지 그대로 있었다.

이젠 아주 손쉽게 비버들을 구분해서 부를 수 있었다. 아주 행동방식이 달랐기 때문이다. 칠아위가 더 강하고 대담했고 단짝 친구보다 모험적이었다. 머리를 탁자 다리에 부딪치거나 발가락으로 물건을 떨어뜨리거나 나무 바구니에 뛰어내리는 걸 즐기는 재미있는 친구였다. 앵무새처럼 궁금한 것도 많고 가능한 모든 일에 상관했다. 한번은 누군가 잠시 바닥에 놓아둔 물통 끝에 기어올랐다 잠수 통로로 착각했는지 바로 안으로 뛰어들었다. 당연히 물통이 쾅 엎어졌고 물이 사방으로 쏟아졌다. 그는 아주 놀랐고, 당연히 누구든 그랬을 것이다. 모든 제멋대로의 행동에도 불구하고 칙아니처럼 사랑스러웠다. 그리고 칙아니가 세이조에게 그러는 것처럼 샤피언이 가는 곳마다 따라다녔다(자신이 바쁘지 않다면 말이다). 그리고 칙아니에게서 오랫동안 떨어뜨려 놓을 수 없었다. 가는 곳마다 같이 다녔고 뒤나 옆에 붙어 총총댔다. 야영지를 돌아다니다 떨어지면 곧바로 서로를 불러대며 찾았다. 그러다 만나면 머리를 대고 서로의 몸을 안고 잠시 가만히 앉아 있었다. 이 애틋한 분위기는 금세 사라지고 바로 그 이상한 레슬링 시합으로 마무리되곤 했다. 어쩌면 그들만의 축하 의식인지도 모른다. 세이조는 이들을 떼어놓는 것은 너무 잔인한 일이라고 생각하곤 했다.

7 무역 상인

CHAPTER SEVEN

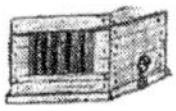

THE TRADER

새끼 비버들이 직접 만든 괴상한 비버 집

이제 큰 깃털이 비버 새끼들에게 자유를 주어야 한다고 말할 때가 되었다. 비버들은 이제 꽤 컸고 아주 활동적이고 힘도 세졌다. 아이들은 비버들이 멀리 가서 영영 잃어버릴까 봐 좀 걱정스러웠다. 하지만 아버지는 아무리 어린 비버라도 집을 떠나지는 않는다고 말했다. 잘 대해주었다면 비버 집처럼 오두막으로 항상 돌아올 것이라고 했다. 그리고 비버들은 금세 외로움을 느껴 한두 시간 정도만 나가 있을 거라고 했다.

그래서 아주 화창하고 활기찬 어느 날, 문 밑을 가로질러 막고 있던 차단막을 치워버렸다. 그리고 비버들은 밖으로 나갔다. 한 번에 나간 것은 아니었다. 비버들은 구석에서 힐끗거리며 밖을 탐색했다. 진혀 거기 있을 법하지 않은 모든 냄새와 소리에 쫑긋거리고 킁킁거렸다. 두세 번 조심스러운 시도를 하다 세이조와 샤피언을 양쪽에 호위대로 대동하고 호수로 내려갔다. 비버들은 늑대와 곰이 있는지 살피느라 상체를 세우고 아주 천천히 조심스럽게 움직였다. 물론 아무것도 없었다. 일종의 가상 놀이였다. 호수 가까이 오자 걸음이 빨라지다 뛰기 시작했고 곧 질주가 되었다(그렇게 부를 수 있다). 그리고 물로 뛰어들었다 다시 튀어나왔다. 이렇게 큰 대야를 어떻게 해야 할지 모르는 듯했다. 하지만 바로 다시 물에 뛰어들어 헤엄치고 잠수했다. 새된 음성으로 끽끽 울어대며 꼬리로 물을 튕기고 신나게 첨벙거렸다. "진짜 비버 같아." 세이조가 말했다.

곧 비버들은 작은 포플러 묘목을 씹어대기 시작했다. 물가의 크고 우거진 풀숲에 앉아서 묘목을 작은 크기로 잘라 신나게 껍질을 벗겼다. 서로 장난치고 레슬링을 하고 어린 인간 친구들과 장난치며 물가를 오르내렸다. 흥분해서 물에 들어갔다 나왔다 첨벙거렸다. 보이는 모든 구멍에다 탐색하는 코를 들이댔고 둑에서 빈 사향뒤쥐 굴을 찾아냈다. 새끼들은 굴의 마지막 주인과 비슷한 크기여서 꼭 들어맞았다. 비버들은 거기를 파기 시작했다. 입구는 물 아래 있었다. 비버들이 열심히 파내자 진흙이 시커먼 먼지처럼 쏟아져 나와 물속에서 아무것도 보이지 않았다. 한동안 비버들은 그 안으로 사라졌다. 놀란 샤피언이 뛰어들어 구멍 안에 팔을 넣어 비버들을 찾았다. 그들은 거기 없었다. "세이조!" 샤피언이 흥분해서 소리쳤다. "애들이 없어졌어!" 둘 다 물가의 갈대숲과 덤불을 급히 뒤지기 시작했다. 그때 뒤에서 아주 절망적인 울음과 외침이 들렸다. 그리고 그쪽에서 짧고 땅딸막한 다리를 최대로 빨리 놀려 뛰어오는 것이 있었다. 뒤에 떨어져 거의 죽을 만큼 겁에 질린 칠아위와 칙아니였다. 그들은 굴 파기를 멈추고 진흙탕 물 아래서 헤엄치다 떠내려갔고 아무것도 보이지 않아 한참 아래 강가로 간신히 기어 나왔다.

새끼들은 완전히 지쳐버렸다. 털 달린 작은 요정들처럼 앉아 털가죽을 빗고 문지르고 손질했다. 일이 끝나고 털이 거의 마르자 몸을 돌려 나란히 집으로 향하는 오솔길로 천천히 근엄하게 걸어 들어갔다. 그리고 각자 큰 배넉 한 조각씩 끼고는 자작나무 껍질 침대로 미끄러져 들어갔다. 점심을 먹고 뽀송뽀송하고 쾌적한 나무 톱밥 침대에서 서로를 꼭 껴안고 바로 잠이 들었다. 비버들의 위대한 첫 번째 자유의 날은 이렇게 마무리되었다.

세이조의 말처럼 마침내 이들은 진짜 비버가 되었다.

다음 날부터는 문이 열리자마자 호수로 총총 뛰어가 매일같이 헤엄을 쳤다. 자신들이 발견한 굴을 파며 시간을 보내고 자신들의 판단에 안전한 곳에서 너무 멀어졌다 싶으면(용들이 가득한 나라에서 종종 경계하며 주위를 탐색하는 걸 상상하면 된다) 위로 몸을 돌려 지면 위로 나오곤 했다. 그렇게 잠수 통로가 만들어졌고 세이조와 샤피언은 비버들이 재미있는 비버 집을 만들었다고 열정적으로 환호했다. 이제 비버들은 작은 방과 물속 입구, 터널, 잠수 통로 등 모두를 완벽히 갖춘 진짜 비버 오두막을 만들었다. 미장이 썩 훌륭하지 못해 벽이 조금 흔들렸지만 비버 오두막은 비교적 아주 실용적인 작업의 결과물이었다.

비버들은 묘목과 포플러, 버드나무 새싹들을 다량으로 모았고, 어른 비버들이 하는 것처럼 이를 물 쪽 입구 앞에 식량 뗏목처럼 엮었다. 상당히 작긴 했지만 말이다. 게다가 이 식량은 먹기도 전에 상할 터였다. 어쨌든 식량 뗏목을 사용할 여름도 얼마 남지 않은 데다 나무로 된 집은 비를 피할 수 없었다. 비버들은 전혀 개의치 않았다. 비버들은 오두막 안에 어른들처럼 자신만의 따듯한 침상도 마련했고 항상 빵 조각도 여유 있게 준비했다. 어떤 때는 한두 개의 시식용 식량에 이를 먹기 위한 작은 개인 접시도 있어서 종합적으로 판단해보면 상당한 개인 재산을 갖추고 꽤 부유했다고 할 수 있다. 그래서 복잡한 오두막도 식량 뗏목도 필요하지 않았다. 모든 것을 손질하고 작은 나무들을 자르고 땅을 파고 진흙을 가지고 놀았다(진흙집이 진흙파이보다 더 흥미로운 것이 분명했다!). 정말 하고 싶고, 삶을 만족스럽게 하는 모든 것들을 하였다.

세이조와 샤피언도 거의 호숫가에서 시간을 보내며 즐겁게 비버들을 지켜보았다. 물론 종종 도와줘야 했다. 두 비버는 나뭇가지, 덤불, 흙 또는 어디선가 굴려온 이상한 돌 등 모든 건축 재료들에 달려들어 옮겼다. 이 어린 골칫덩어리들은 머리부터 발끝까지 진흙을 잔뜩 묻히고 물가로 와 아이들 몸 위로 기어오르려 했다. 그리고 일상적인 쟁탈전과 한바탕 큰 웃음이 있었다.

샤피언이 물가에 놀이집을 지어 모두 함께 그 안에 들어가 쉬곤 했다. 특히 칙아니가 아주 좋아하는 장소여서 세이조를 찾으러 오거나 세이조가 부르면 항상 그리로 왔다. 하지만 모험가 칠아위는 더 방랑자이자 해적 기질을 가졌다. 한곳에 오래 가만있지 못하고 바로 멀리까지 어슬렁거렸고 끊임없이 길을 잃었다. 물론 자신은 길을 잃었다는 것도 몰랐지만 다른 이들은 그렇게 여겼다. 걱정을 끼치는 한 같은 얘기였다. 그리고 항상 수색이 이어졌다. 칠아위는 전혀 예상치도 못한 곳에서 나타나곤 했다. 비어 있다고 생각했는데 놀이집에서 나타나거나 놀이집에 있다고 생각했는데 비버 오두막이나 카누 아래 있기도 했다. 아마 잠이 들었던 것 같다. 발견되면 꼬리를 앞으로 하고 상체를 세우고 앉아 춤을 추거나 나머지 사람들을 속인 장난에 웃음보라도 터진 듯 몸을 아래위로 좌우로 움직이며 머리를 흔들었다. 어디선가 별안간 황당한 소동이 생기면 거의 항상 이 말썽꾼이 관여되어 있다고 봐도 된다. 고함이나 비명, 어떤 종류의 소음이 들려올 때면 칠아위가 가장 최고의 상태이거나 최악의 상태일 때였다. 언제 어디서든 그의 울음소리를 들을 수 있었다.

그렇다고 당신이 생각하는 것처럼 칙아니가 성자는 아니었다. 그도 평균 정도의 장난꾸러기였다. 그 작은 머리에 어떤 생각이 떠오른 것처럼 갑자기 고장 나는 때도 있었다. 속삭이는 나뭇잎들의 언덕이 있는 머나먼 고향 연못에 대한 희미한 기억이 떠올랐을 수 있다. 그럴 때 달래주는 세이조가 옆에 없으면 웅크린 작은 다리로 뒤뚱뒤뚱 그녀를 찾아 놀이집으로 올라갔다. 거기서 그녀를 발견하면 옆에 앉아 조심스럽게 몸을 손질했다. 손질이 다 끝나면 그렇게 사랑하는 친구에게 딱 달라붙었다. 머리를 그녀의 무릎에 얹고 기묘한 비버

언어로 이야기를 건네며 무엇이 힘든지 털어놓았다. 아니면 반쯤 감은 꿈꾸는 듯한 눈으로 거기 누워 있었다. 행복이나 외로움, 때로는 우리가 알 수 없는 사랑이 담긴 작은 소리를 내었다. 사실 정말 좋은 친구는 이 둘이었다. 한 사람이 있는 곳에 바로 다른 사람이 있었다.

활기 넘치는 익살과 야단법석, 그리고 노동과(물론 아주 많이는 아니고) 이 모든 놀이에서 네 다리를 가진, 또는 두 다리를 가진 야생의 꼬마들 중 누가 더 행복했는지는 말하기 어렵다. 하지만 그들이 아주 유쾌한 공동체였다는 것만은 안다. 말하는 물의 장소, 오피피소웨이에서의 행복하고 행복한 날들이었다.

최근 들어 배넉 조각이 점점 작아지고 있었다. 큰 깃털은 모자란 식량을 구하기 위해 며칠 동안 집을 비웠고 아직 돌아오지 않았다. 이제 밀가루도 거의 떨어졌고 아이들도 비버도 먹을 것이 풍족하지는 않았다. 어느 날 오두막으로 돌아온 단짝 친구들은 기치 미권이 돌아와 있는 걸 발견했다.

그는 아주 심각하게 뭔가를 고민하는 것처럼 보였다. 하지만 식량이 거기 있었다. 밀가루 부대와 다른 물품 조금이 바닥에 놓여 있었고 옆에는 낯선 백인이 서 있었다. 그는 큰 상자를 가지고 있었다. 큰 깃털은 아이들에게 따듯하게 말을 건넸지만, 평소처럼 웃지 않았다. 아이들은 왜 그런지 의아했다. 백인 역시 말없이 서 있었다. 어쩐지 상황이 좋아 보이지 않았다. 동물은 그런 분위기를 금방 알아채기 때문에 어린 비버들도 뭔가 잘못되었다고 느끼고 조용히 서서 상황을 지켜보았다.

미션 스쿨에 다녀서 영어를 좀 하는 샤피언이 아버지가 남자에게 말하는 걸 들었다.

"저기 있습니다. 어떤 놈을 데려가시겠어요?"

이게 뭐지! 무슨 얘기야? 샤피언은 갑자기 심장이 쿵 떨어져 여동생을 보았다. 하지만 그녀는 전혀 모르고 있었다.

"잠깐 제가 한번 보죠." 낯선 사람이 큰 깃털에게 대답했다. "그들을 조금 움직여 보세요." 유리나 얼음처럼 차가운 푸른 눈에 얼굴이 붉고 건장한 체격의 남자라고 샤피언은 생각했다. 아이들을 바라보는 큰 깃털의 눈은 슬펐다. 그는 아이들에게 이야기할 시간을 잠시 달라고 백인에게 부탁했다.

"세이조, 샤피언. 내 딸 그리고 내 아들아. 너희들에게 할 얘기가 있다." 아버지가 인디언어로 말했다.

세이조도 그들에게 문제가 생겼다는 걸 알았다. 그녀는 샤피언 옆에 붙어 두려운 눈으로 낯선 사람을 보았다. 왜! 왜 그가 비버를 그렇게 자세히 보고 있는 거지?

"얘들아!" 아버지가 말을 이었다. 이분은 래빗 포티지Rabbit Portage의 모피거래소에서 온 무역상이시다. 우리의 좋은 친구였던 이전 회사는 철수했다. 새로운 회사가 거래소를 인수했고 빚을 갚으라고 내게 통보했다. 큰 금액이고 다음 겨울 사냥을 하기 전까지는 갚을 수 없는 금액이다. 이전 회사는 항상 인디언들과 거래를 해왔지만 새로운 회사는 기다릴 수 없다고 했다. 알다시피 우리는 이제 식량이 없고 이 회사는 빚을 갚을 때까지 아무것도 주지 않을 것이다. 그래서 마을 주민들과 함께 여기서 아주 먼 메도 레이크Meadow Lake의 새로운 거래소까지 물품을 운반하는 긴 여행을 떠나야 한다. 빚을 갚기 위해 내가 할 일이다. 조금 더 벌 수도 있다. 하지만 돌아올 때까지는 돈을 받을 수 없다. 그동안 너희들, 내 아이들은 살아야 한다. 너희들이 굶주리는 걸 볼 수는 없다. 이분이 우리에게 이 식량을 줄 것이다." 아버지는 바닥에 놓인 부대와 꾸러미들을 가리켰다. "그리고 그 대신 비버 한 머리를 원한다." 아버지는 말을 멈췄고 아무도 움직이지 않았고 비버조차도 그랬다. "살아 있는 비버는 아주 귀하고 어떤 놈을 데려가든 죽이지는 않을 것이다. 하지만 나의 아이들아, 너희들 때문에 마음이 무겁고…." 아버지는 칠아위와 칙아니를 보았다. "그리고 가야 하는 꼬마 비버 때문에…."

샤피언은 여전히 똑바로 서서 검은 눈으로 상인을 뚫어지게 보았고 세이조는 믿을 수 없다는 듯이 중얼거렸다. "아니에요, 사실이 아니에요!"

샤피언은 한마디도 없이 여동생 어깨를 팔로 감싸고 자신들의 행복을 망쳐놓은 이 낯선 남자를 노려보았다. 백인은 아이의 바로 뒤, 구석에 있는 장전된 총이 떠올랐다. 하지만 아이는 아버지 뜻을 따라야 했고 조금도 움직이지 않았다. 아이가 무역상을 너무 무섭게 노려보자 열네 살 소년임에도 남자는 다소 마음이 불편했다. 그래서 가져온 상자를 열고 비버에게 손을 뻗어 작은 놈을 집어 상자에 넣고 뚜껑을 닫았다. 그는 기치 미권에게 고개를 끄덕였다.

"그럼, 이틀 후에 거래소에서 뵐게요." 하고는 상자를 팔에 끼고 밖으로 나가 문을 닫았다. 그는 그렇게 가버렸다.

그러자 세이조는 소리도 없이 주저앉아 오빠 소매에 얼굴을 묻었다.

무역상은 칙아니를 데려갔다.

그리고 칠아위는 어떻게 받아들여야 할지도 모르겠고 갑자기 두려워져 침대 밑 작은 숙소로 들어갔다. 혼자였다.

8 말하는 물의 음성

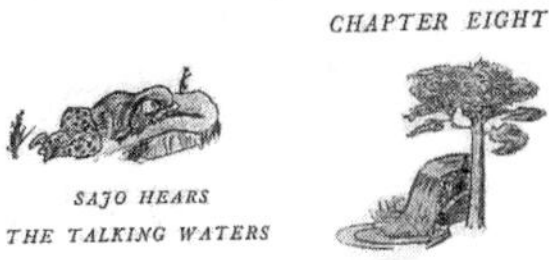

칠아위를 안고 집으로 달리는 세이조

다음 날 큰 깃털은 회사에 진 빚을 해결하기 위해 마을 사람들 열일곱 명과 함께 큰 카누 셋에 나눠 타고 모피거래소로 출발했다. 이들은 먼저 래빗 포티지에서 카누에 물품을 잔뜩 싣고 회사의 다른 거래소가 있는 먼 북쪽의 메도 레이크나 머스코다싱Muskodasing으로 갈 것이다. 카누 카라반이라 부르는 이 선단은 한 달이나 그 이상을 가야 했다. 세이조와 샤피언, 칠아위는 오피피소웨이에 따로 남겨졌다.

무역상이 세이조와 한 존재 사이의 문을 폭력적으로 닫아버렸고, 그 존재는 아버지와 오빠 다음으로 그녀가 세상에서 가장 사랑하는 존재였다. 세이조는 자신의 마음 역시 닫혀 상자에 담겨 칙아니와 함께 가버린 것 같았다.

그 일 이후 세 사람 모두에게 큰 변화가 생겼다. 그들의 행복한 공동체는 깨졌다. 더는 놀이집에서의 즐거운 파티도 호숫가에서의 놀이와 웃음도 없었다. 칠아위는 더는 말썽을 피우지 않았고 언제 어디서나 들리던 울음도 그쳤다. 웃기고 재미있는 춤도 추지 않았고 장난도 치지 않았다. 온종일 처량하게 수로를 오르내리며 칙아니를 찾아 헤맸다. 자신의 단짝이 사라졌다는 걸 작은 머리로 이해할 수 없는 듯했다. 아침마다 다시 새로운 희망에 차서 총총 뛰어나가 어디선가 칙아니를 발견할 수 있을 거라 확신하며 놀이집 구석구석을 뒤졌다. 함께 앉아 몸을 비비고 레슬링하고 나란히 햇볕을 쬐던 숨 죽은 잔디와 갈대 사이를 여기저기 뛰어다녔다. 물가를 따라 위아래로 헤엄쳐 익숙한 선착장을 찾았고 그렇게 즐겁게 만들었던 작고 엉성한 오두막을 잠수해 드나들었다.

완전히 포기할 때까지 하루 내내 수색을 했고 아침에 분주하던 종종걸음은 힘없이 축 처졌다. 그리고 지친 작은 다리로 터벅터벅 야영지로 걸어 돌아와 아무 소리도 들리지 않는 조용하고 텅 빈 숙소에 몸을 누였다. 이제는 까부는 해적도 짓궂은 사고뭉치도 아닌 그저 외롭고 슬픈 작은 비버였다. 더는 큰 꼬마가 아니라 그저 꼬마였다. 왜냐면 이제는 그가 유일한 꼬마였기 때문이다. 아이들은 수색이 소용없다는 걸 알았지만 그의 순회를 따라다니며 자신들도 찾고 있는 척했다. 그가 불행한 작은 유령처럼 혼자 서성이는 것을 차마 볼 수 없었기 때문이었다. 그리고 그가 자신의 접시로 음식을 먹을 때 그의 양옆에 앉아 접시를 잡아주었다. 때로는 세이조가 칙아니를 생각하며 떨군 눈물 한 두 방울이 빵과 우유에 떨어지곤 했다. 여기 있어야 했던 불쌍한 칙아니, 그렇게 부드럽고 순하고 그렇게 외로움을 타던 작은 꼬마가 이제 장난도 치지 못하고, 배넉도 없고 재미도 없는 대도시 어딘가로 갔다니!

어쩐지 그가 진짜 떠나지 않은 것처럼 느껴졌다. 놀이집 어딘가에서 웅크린 작은 몸을 발견하거나, 일상적인 배넉 파티에 자작나무 껍질 숙소에서 칠아위 옆으로 그 다리 짧은 땅딸한 몸을 불쑥 내밀 것만 같았다. (우리는 선착장 아래서 그의 음성을 들었다고 거의 그녀에게 말해줄 뻔했다.) 찰아위보다 훨씬 작고 못생기고 안짱걸음에 애처로운 그의 작은 발자국도 물 옆 진흙 속에 아직 남아 있었다. 세이조는 자주 이를 보러 갔고 주위에 아무도 없으면 무릎을 꿇고 손가락으로 부드럽게 만지며 발자국에게 속삭였다. 그리고 발자국들은 결국 씻겨 내려가 사라졌다. 마지막으로 하나 남았을 때 세이조는 자작나무 껍질로 덮어두고 매일 혼자 찾아갔다. 하지만 그것조차 점차 말라 먼지로 부서져 곧 사라졌다. 이제 그의 흔적은 아무것도 남아 있지 않았다.

그즈음 칠아위는 거의 울지 않았지만 때때로 밤에

깨어 지독한 외로움에 훌쩍이며 결코 찾을 수 없는 다른 작고 둥근 몸을 찾아 어둠 속을 더듬곤 했다. 이 소리를 듣고 깬 세이조는 그의 방으로 기어 들어가 작은 나무껍질 침대 옆에 누워 꼭 안고 같이 흐느끼다 다시 잠이 들었다.

샤피언은 호수 너머 멀리 우뚝 솟은 언덕 능선들을 바라보며 몇 시간이고 아무 말 없이 앉아 있었다. 이제 더는 오두막 근처에서 웃거나 노래하지 않는 여동생처럼 그도 마음이 아팠다. 가슴이 탁 막히면 아주 사납게 주위를 둘러보곤 했다. 아무도 그가 얼마나 힘겹게 눈물을 참고 있는지 알지 못했다. 무역상이 칙아니와 바꿔준 부대와 꾸러미들을 그가 얼마나 증오했는지! 배넉을 먹을 때마다 목이 막혀 질식할 것 같았다. 자신이 무역상에게 총을 줄 걸 그랬다는 생각뿐이었다. 밍크 가죽 네 개의 가격이니 꼬마, 아주 작은 새끼 비버의 값어치는 분명 될 터였다.

공유하긴 했지만 칠아위는 사실 샤피언의 반려동물이었고, 샤피언은 그를 여동생에게 완전히 내주었다. 그녀는 새끼 비버를 데리고 마을 뒤 언덕에서 흘러 내려오는 개울을 따라 꽤 멀리 있는 폭포까지 가곤 했다.

폭포는 작았고 그 옆에는 바람에 살랑이는 거대한 소나무가 있었다. 그녀는 소나무 아래 앉아 칙아니를 다시 데려올 방법을 생각해내려 애썼고, 그동안 칠아위는 폭포 아래 조용하고 깊은 웅덩이에서 수영하고 잠수하고 혼자 조금 놀기도 했다. 그가 거기서 더 행복한 것 같다고 세이조는 생각했다. 왜냐면 웅덩이는 작았기 때문이었다. 호수는 사방으로 광활하게 넓고 텅 비어 작은 비버 한 마리만 거기 있는 것이 쓸쓸해 보였다.

그녀의 작은 친구가 주변에서 헤엄치거나 버드나무 껍질을 벗기거나 때로는 그녀의 무릎에 앉아 털을 손질하는 동안 세이조는 폭포의 음성을 듣곤 했다. 만일 우리가 급류나 폭포 옆에서 아주 인내심을 갖고 기다린다면 어느 순간 낮게 울리는 음성이 들린다는 걸 우리는 알아야 한다. 들렸다 멀어졌다 하는 음성이 어느 순간 더 크고 부드럽고 아주 또렷해졌다가 물소리 속으로 멀어지며 다시 사라진다. 모든 인디언은 이 음성을 들었고, 이를 들어본 적 있는 백인들도 개울이 부드럽게 노래하는 소리를 들을 수 있다고 말했다. 인디언은 이를 자신이 사랑하는 사람들에게 말하기 위해 영혼의 땅에서 돌아온 목소리라고 말했다. 세이조는 목소리가 찾아올 때까지 거기 앉아 있다 그들이 하는 얘기를 이해하려고 노력했다. 언젠간 그 말들을 이해할 수 있을 것이라고 그녀는 믿었다. 그럴 수 있을 듯했다. 왜냐면 인디언 언어는 흐르는 물의 소리, 바람의 한숨, 나무들의 속삭임과 매우 닮아 있다. 그리고 칠아위는 얘기를 듣고 있는 것처럼 종종 그녀의 옆에 아주 조용히 앉아 있곤 했다. 아마 그는 들었을 것이다. 비버의 귀는 인간보다 훨씬 예민해서 세이조보다 잘 들었을 것이다.

그곳은 인디언들이 '오피피소웨이'라고 부르는, 마을과 인근 지역에서 '말하는 물의 장소'라고* 이름 지은 곳이다. 아주 어렸을 때부터 울적할 때나 생각할 것이 있거나 어떤 것을 결정해야 할 때 이곳을 찾았고 세이조가 가장 좋아하는 장소였다. 그녀는 울창한 소나무 그늘에 누워 거대한 가지 사이의 짙게 그늘진 구멍을 올려다보곤 했다. 나뭇잎 사이로 햇살이 들어와 어두운 구멍을 비추면 요정이나 신비로운 다른 존재들이 사는 고대의 왕국처럼 너무 아름다웠다. 때로는 말하는 물에서 사람들에게 말을 걸어오는 영혼들이 어디

* 정확한 해석은 '부글대는 물의 장소'지만 전해진 이야기들로 이렇게 해석할 수 있다. 후에 불이 이 장소의 음향적 특성을 파괴하였다

사는지 궁금해하곤 했다. 누워서 부드럽게 살랑이는 소나무 꼭대기를 바라보며 물 흐르는 소리를 듣고 있으면 어쩐지 어머니가 가까이서 그녀에게 말하고 있는 것처럼 느껴져 아주 행복했다.

어느 날 칠아위를 무릎에 안고 앉아 작은 폭포의 나른한 속삭임을 듣고 있을 때 소리가 아주 맑고 잔잔해졌다. 더 잘 듣기 위해 그녀는 나무에 기대고 눈을 감았다. 잠시 후 물소리는 점점 더 작아지다 완전히 사라졌다. 그리고 그녀는 물소리 대신 누군가 바로 옆에서 아주 부드럽고 선명하게 이야기하는 소리를 들을 수 있었다. 곧 단어들이 이해되기 시작했고 그 단어들은 흐르는 물과 매우 유사한 인디언 언어였다. "세이조, 세이조, 마한mah-jahn*, 마한. 세이조, 세이조, '덴나 하단den-na jah-dahn.'" 시의 운율이나 노래처럼 계속해서 반복되었다.

"세이조, 세이조,

마한, 마한.

세이조, 세이조,

* 여기서 'J'는 'John'의 'J'처럼 세게 발음하는 '세이조'를 제외하고는 모두 연하게 발음한다.

'덴나 하단'

세이조, 세이조,

가야 한다.

도시로 가야 한다."

목소리는 반복해서 이 말들을 노래했고 이제 더 크고 더 부드럽게 폭포 속에서 물이 속삭이는 것처럼 들렸다 멀어졌다 했다. 그러다 완전히 또렷해졌고 오랫동안 듣지 못했던 목소리, 어머니의 목소리로 들렸다. 그녀는 울음을 터트렸다.

"오 나의 어머니, 세이조예요. 나의 어머니, 더 얘기해주세요. 당신의 말을 듣고 있어요." 세이조는 목소리를 향해 손을 뻗었고 부드럽고 따듯한 뭔가가 만져졌다. 살짝 놀라 눈을 뜨자 그녀 무릎에 앉아 머리 두건을 당기고 있는 칠아위의 따듯하고 축축한 코에 손이 닿아 있었다. 그녀는 자신이 잠깐 졸았다는 걸 알았다. 그리고 말들은 물의 노랫소리 속으로 다시 사라졌고 폭포는 항상 그랬던 것처럼 계속해서 졸졸거렸다.

세이조는 벌떡 일어나 칠아위를 안아 들고 말했다.

"칠아위, 칠아위. 우리 칙아니를 찾으러 갈 거야. 도시로 가야 해. 우리 어머니가 그렇게 말해주셨어."

그녀는 작은 비버를 팔에 안고 집으로 뛰기 시작했다. 세이조는 혼자 중얼거리며 달렸다. "그래, 우리 어머니 목소리야." 위대한 영혼은 어머니가 폭포로 와서 그녀에게 말해주도록 했고 어머니는 도시로 가라고 했다. 샤피언에게 전할 때까지 조금만요!

모든 작은 이들을 보살피는 야생의 땅의 위대한 영혼이 그녀가 잠든 사이 물을 인도해 말해준 것이 아니라고 누가 말할 수 있겠는가?

달리는 동안 칠아위는 심하게 흔들려 다소 마음에 들지 않았고 내리겠다고 몸부림치며 오랫동안 하지 않았던 최대한의 성량으로 울기 시작했다. 그러자 세이조는 칙아니가 떠나기 전처럼 칠아위가 다시 목소리를 찾았고, 이는 꿈이 진짜라는 뜻이라고 생각했다. 분명히 그럴 거야, 그리고 그녀는 더 빨리 달렸다. 하나는 달리고 하나는 울고, 둘 다 심하게 숨을 헐떡이며 오두막에 도착했다. 샤피언은 둘의 상태를 보고 급히 문밖으로 나와 무슨 일이냐고 물었다. 세이조는 자신의 꿈을 이야기하며 반드시 도시로 가야 한다고 했다.

하지만 샤피언은 동의하기 어려웠다. 아직 따져볼 시간도 없었고 더욱이 그는 꿈도 꾸지 않았다. 그래서 말했다.

"바보 같은 짓이야, 내 동생. 도시는 멀고 우리는 길도 모르고 돈도 없어. 돈이 없으면 잘 곳도 음식도 구할 수 없어. 게다가 칠아위도 데려가야 하는데, 아버지가 뭐라 하시겠어?"

모두 힘이 빠지는 말이었지만 세이조는 한번 결정하면 쉽게 바꾸지 않았다. 그래서 그녀는 이렇게 말했다.

"아버지는 우리만큼이나 슬퍼하고 계시니 우리가 칙아니를 다시 찾아오면 기뻐하실 거야. 칙아니가 떠나간 후에 우리 아무도 행복하지 않잖아."

하지만 그녀는 어떻게 도시로 가야 하는지, 거기 도착하면 뭘 해야 하는지에 관해서는 아무 말도 하지 않았다. 자신이 들은 계시를 굳게 믿고 멋진 일이 생길 거라고 아주 낙관적이었다.* 그리고 샤피언은 여동생의 눈이 얼마나 간절한 희망으로 빛나는지, 갑자기 그녀가 얼마나 기쁨이 넘치는지를 보았다. 그녀의 부탁을 들어

* 생생한 꿈의 계시를 받아 행동하는 것이 인디언 초기 사회에서는 더 일반적이었다.

주는 것은 이제까지 했던 것 중에 가장 힘든 일이라는 걸 알았지만, 시도도 하지 않고 반대해 그녀가 절망하는 것을 보는 것은 더 어려운 일이었다. 그리고 아버지가 떠나기 전에 그녀가 다시 기운 나게 할 수 있는 것은 다 해주라고 말씀하셨다. 그러니 해야 할 일은 딱 한 가지였다.

"알았어, 가자." 소년은 말했다. 그리고 자세를 똑바로 하고 섰다. 소년은 아주 단호하고 남자다워 보였다. "그래, 내일 도시로 데려갈게."

단호하고 당당해 보였지만 어린 소년은 어떻게 해야 할지 조금도 알지 못했고, 이 모험이 얼마나 절망적인 상황으로 그들을 이끌어 갈지 전혀 짐작도 하지 못했다.

9 붉은 적

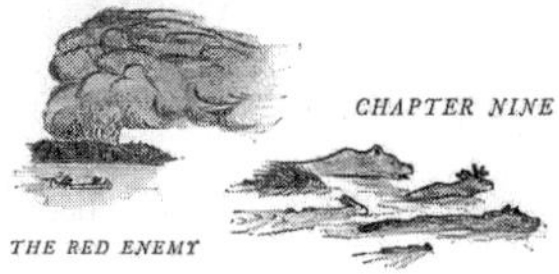

쏟아지는 산불 연기를 뚫고 급류로 돌진하는 카누

같은 날 밤늦게 여행 준비가 모두 끝났다. 래빗 포티지 무역소에 도착하는 데 거의 일주일은 걸릴 터였다. 래빗 포티지는 도시로의 기나긴 여행의 첫 번째 단계였다. 그리고 그 너머에 뭐가 있는지는 전혀 알지 못했다. 그래서 긴 여행에 필요한 모든 것을 여유 있게 챙겼다. 세이조는 큰 배낭을 여러 개 구웠고 다양한 크기의 천 가방에 밀가루, 차, 소금을 채워 넣었다. 말린 사슴고기를 한 꾸러미로 싸고 작은 라드 통을 따로 챙기고 성냥은 젖지 않게 입구가 좁은 통에 담았다. 샤피언은 텐트와 담요를 말아 낚싯줄로 고정하고 휴대용 도끼와 사냥용 칼을 갈고 노의 날 끝을 손질했다. 그리고 냄비와 접시, 필요할 만한 작은 요리 도구들을 상자에 담았다.

다음 날 아침, 해 뜨기 전에 아침 식사가 끝났고 샤피언의 총을 비롯해 모든 장비는 이미 카누에 실려 있었다. 소중한 총이라 가능하다면 팔 생각이었고 도시로 가는 여비로 충분하기만 바랐다. 그 후에 무슨 일이 일어날지는 상상도 하기 힘들었다. 칠아위는 처음 칙아니와 함께 오피피소웨이로 올 때와 같은 자작나무 바구니에 들어갔고 세이조는 요리 도구 상자에 두 개의 작은 비버 접시들을 넣었다. 그러자 칠아위, 칙아니와 함께 돌아올 수 있으리라는 확신이 더 강해졌다.

"우리는 둘 다 원해." 그녀는 크게 말했지만, 목소리가 살짝 떨렸다. "우리는 분명히 칙아니를 데려올 수 있을 거야." 입술에 힘을 주고 고개를 끄덕이며 그녀는 더 크게 말했다. "우리가 그럴 수 있다는 걸 알아." 세이조는 확신을 갖기 위해 덧붙였다. "어머니가 그렇게 말씀하셨어. 머드웨이 오시케이Mudway-oshkay의 음성으로. 엄마가 '물의 음성'으로 나에게 말씀하셨어!"

꿈은 그녀에게 진짜 현실이었고 아주 특별한 의미가 있었다.

마을은 그들의 오두막에서 다소 떨어져 있었고 어른들이 반대할까 두려워 자신들의 계획을 아무에게도 얘기하지 않았다. 특히 나이 드신 족장님은 절대 허락하지 않을 것이다. 그래서 그들은 더 현명한 이들 몰래 이른 아침 안개를 틈타 살며시 빠져나왔다. 카누가 물로 나아가자 세이조는 여행을 시작할 때 어른들이 했던 것처럼 노를 머리 위로 흔들며 자신들이 향하는 장소의 이름을 외쳤다. 그녀는 노를 들고 "칙-아-니! 칙-아-니!"라고 외쳤다. 칙아니가 장소는 아니지만, 그녀는 그가 어디 있든 그곳이 자신들이 가는 곳이라 생각했다. 하지만 샤피언은 노를 흔들지도 소리치지도 않았다. 그는 자신들이 어디에 도착할지 확신이 없었다.

그렇게 그들은 말하는 물의 장소를 떠나 어떻게 될지 모를 여행을 시작했다. 세 사람 모두를 위한 위대한 모험을 시작했다.

우리가 옐로버치강에서 기치 미귄을 처음 보았을 때와 똑같은 눈과 꼬리가 있는 카누였다. 그들은 온종일 빠르게 노를 저었다. 큰 눈으로 용맹하게 앞을 응시하고 뒤로는 여우 꼬리를 화려하게 펄럭이며 노 젓기에 맞춰 카누가 성큼성큼 앞으로 나아갔다. 카누를 가끔 멈춰 칠아위가 물을 마시거나 더위를 식히기 위해 잠깐 헤엄칠 수 있도록 하였다. 그날 저녁은 호숫가 인근 숲에 텐트를 치고 밤을 보냈고, 다음 날 새벽녘에 다시 출발했다. 털 난 친구를 먹이거나 운동시키기 위해서만 잠깐 멈추고 어두워질 때까지 계속해서 노를 저었다. 매일 아침 해가 뜨기 전에 길을 나섰고 매일 저녁 물 옆에 은신처를 찾아 야영을 했다. 칠아위는 밤새도록 수영을 하다 날이 밝으면 텐트로 돌아와 바구니에서 잠들었다. 그리고 온종일 바구니에서 조용히 있었다. 두 아이들은 숫자가 적힌 자기 몫의 짐을 맡아서 운반했다. 카누를 포함해 샤피언 혼자 옮겨야 했던 경우가 두 번 있긴 했다. 그들 아무도 이것이 특별히 힘든 일이라고 여기지 않았다. 사실 둘 다 이런 종류의 여행에 익숙해서 이렇든 저렇든 전혀 특별할 것이 없었다.

그렇게 그들은 하루하루 앞으로, 앞으로, 앞으로, 앞으로, 계속 앞으로 나아갔다. 수그린 두 작은 등은 시계처럼 흔들렸고 두 개의 노는 행진하는 군인의 발걸음처럼 규칙적으로 내려갔다 올라오고 내려갔다 올라왔다. 그사이 불타는 태양은 한쪽에서 떠올라 머리 위를 지나 거대한 붉은 공처럼 어두운 숲의 장막 너머로 다시 가라앉았다. 하루하루 충직한 나무껍질 카누는 그들을 꾸준히 앞으로 운반했고 곁에 없는 칙아니를 찾기 위한 긴 여정을 향해 나아갔다.

이 광대한 자연에서 지구의 표면 위를 외로이 움직이는 먼지처럼 넓고 광활한 호수의 은빛 수면을 가로질러 꾸물꾸물 나아가고 있었다. 하지만 용기로 가득한 뜨거운 두 개의 심장을 가진 먼지였고 그중 하나는 희망으로 가득한 먼지였다. 그리고 아주 행복하지는 않더라도 주인에게 배넉도 풍족하니 그런대로 편안하게 코를 골며 바구니에 누워 있는 다른 하나도 있었다.

어느 날 아침 그들은 공기 중에서 희미하게 나무 그슬리는 냄새, 이끼나 덤불, 잎사귀들이 타는 냄새를 맡고 잠에서 깨 멀리 어딘가에서 산불이 났다는 걸 알았다. 하지만 그들이 처음에 예상했던 것보다 가까웠다. 호수에 배를 띄우자마자 눈에 들어왔다. 멀리 언덕 뒤에서 거대한 연기 기둥이 솟구치는 것이 보였다. 산불의 경로가 점점 더 그들 쪽으로 향한다는 것을 깨닫기 전까지는 멀리 피해 가지 않았다. 호수는 점점 좁아지다 끝나고 그 뒤는 불이 쉽게 넘어갈 수 있는 강으로 이어졌다. 그 너머 다시 안전한 큰 호수까지 샤피언은 최대한 빨리 좁은 구간을 통과하기로 했다. 그래서 그들은 서둘렀다.

연기는 점점 더 넓고 높게 솟구쳐 더는 기둥이 아니라 하늘까지 닿을 듯한 하얀 벽이 되었고, 밖으로 아래로 모든 방향으로 퍼지며 해도 보이지 않을 정도로 점점 짙어졌다. 공기는 질식할 듯 무겁고 꼼짝도 하지 않았다. 동쪽 땅 전체가 불타고 있는 듯했다. 언덕 너머 불길이 보이진 않았지만, 이 거리에서도 쉬지 않고 시시각각 그들에게 똑바로 다가오는 낮은 굉음이 들렸다.

그들은 정확히 불의 경로에 있었다. 큰 호수는 육로를 가로질러 건너편 쪽에 다소 떨어져 있었다. 불이 덮치기 전에 거길 건너려면 지체할 시간이 없었다. 어떤 산불은 느리게 움직이지만 한 시간에 50킬로의 빠른 속도로 이동하는 산불도 있다고 알려져 있다.

뜨거운 연기가 식으면서 아래로 내려오기 시작했고 대지 전체에 짙고 푸른 안개가 깔리면서 가까이는 희뿌옇고 멀리는 아예 보이지 않았다. 곧 강변 가까이 일렬로 늘어선 나무들 빼고는 아무것도 보이지 않아 아이들은 나무들과 앞쪽의 급류 소리로만 방향을 감지할 수 있었다. 곧바로 가파른 강의 초입에 도착했다. 물살이 세고 거친 물보라에 뾰족하고 거무스름한 바위들이 몇백 미터나 깔려 있었다. 위험한 곳이었지만 샤피언은 감히 시간을 지체할 수 없었고 강 주위의 육로를 가로지르는 이중의 모험을 감행해야 했다. 그는 지름길을 택해 급류를 빠져나가기로 결정했다. 불은 이제 그리 멀지 않았고 그들이 급류 끝에 있는 걸 알고 있는 것처럼 급격히 방향을 전환해 곧장 그들에게로 돌진했다. 불의 굉음이 요란한 급류 소리를 거의 덮을 정도로 커졌고 샤피언은 호수에 닿을 때까지 힘들고 긴박한 경주가 될 것이라 보았다.

급류에 가까워지자 연기가 너무 짙어져 15미터 앞이 보이지 않았다. 샤피언은 진입할 위치를 찾기 위해 최선을 다했다. 더 잘 보기 위해 카누에서 일어선 샤피언이 마침내 진입로를 찾았다. 그리고 요동치는 하얀 물속으로 빠르게 돌진했다. 연기로 거의 보이지 않았지만 샤피언은 능숙하게 바위 사이의 굴곡지고 거친 물길을 따라 내려갔다. 심하게 요동치며 철썩이는 파도는 연약한 카누를 맹렬히 공격하며 이 파도에서 저 파도로 거칠게 던져댔다. 시커멓고 기름진 파도가 카누 아래쪽을 움켜쥐고 사악한 괴물처럼 옆으로 쏟아져 들어와 배를 침몰시키려는 듯했다. 빙빙 도는 소용돌이가 악랄하게 노를 낚아챘다. 미친 듯이 돌진하는 말처럼 흔들리며 작은 카누는 갈가리 쪼개고 찢기 위해 기다리고 있는 시커멓고 위험한 바위 사이로 돌진했다.

그리고 요동치는 물의 천둥 같은 포효 위로 깊고 묵직하고 섬뜩한 불의 전진하는 굉음이 들려왔다. 회오리치는 짙은 연기가 강을 가로질러 쏟아졌고 세 명의 선원을 실은 카누가 튀어 오르며 그 속을 질주했다. 바구니에서 자던 승객은 잠에서 깨어 주위 소음에 흥분했고 뭔가 이상한 일이 일어나고 있다는 걸 분명히 인식하고 이에 합류했다. 거의 들리지 않았지만 작고 가느다란 음성을 더하며 소란에 참여했다. 나무껍질 집을 거칠게 치고 흔들어 바구니가 엎어지지 않게 무거운 짐 꾸러미를 위에 얹어 놓아야 했다.

샤피언은 노를 부여잡고 버티며 있는 힘을 다해 질주하는 급류의 강력한 힘에 맞서고 있었다. 카누를 교묘하게 틀어 소용돌이가 없는 약간의 물에서 물로 건너뛰고 미끄러져 들어갔다. 다소 잔잔해지면 카누를 점검하고 전방을 확인하기 위해 일어섰다 다시 요동치는 물살로 들어가곤 했다. 그동안 세이조는 있는 힘을 다해서 밀고 당기며 노를 저었다. 샤피언이 우르르 쾅쾅대는 물소리 너머로 "죽아닉Gyuk-anik, 오른손으로." 아니면 "마슉아닉Mashk-anik, 왼손으로." 또는 "위베치Weebetch, 빨리"하고 세이조에게 소리쳤다. 때로는 "페케치Pae-ketch, 천천히"라고 외쳤다. 카누가 들리고 튀고 홱 돌며 양옆에서 물보라가 들이쳐 안쪽 일부에 물이 찼다. 앞에 있던 세이조는 바로 흠뻑 젖었다. 연기 때문에 안전한 경로를 찾기 힘들어서 그렇지 사실 급류 자체는 샤피언에게 큰 문제가 아니었다. 남녀노소를 막

론한 모든 부족 주민처럼 샤피언도 아주 카누에 능숙했고 나이가 어려도 물의 움직임을 잘 알고 있었다. 그리고 종종 아버지와 같이 이런 급류를 타본 적도 있었다. 세이조는 전적으로 오빠를 믿었기에 웃거나 짜릿한 비명을 질렀다. 그녀에게는 놀이기구 같았다. 아버지나 다른 인디언들이 위험한 구간을 헤쳐나갈 때 더 크게 함성이나 고함을 질렀던 것처럼 그녀도 작게 비명을 질러댔다. 이전에는 항상 강변에 안전하게 남겨져 있었지만 말이다. 하지만 상황이 얼마나 심각한지 알고 있던 샤피언은 작은 배의 선장으로서 크게 지시할 때를 빼고는 전혀 소리를 내지 않았고 미친 듯이 몰아치는 소용돌이에서 눈을 뗄 수 있을 때면 불이 다가오는 방향을 걱정스럽게 응시했다.

기차의 속도로 불이 다가오고 있었다. 불타는 숲 위로 거세게 화염을 쏟아내며 진홍빛 바다처럼 언덕을 달려 내려오는 것이 보였다. 뒤를 돌아보니 불이 그들 뒤의 좁은 호수를 가로지르고 있었다. 세이조에게는 아무 말도 하지 않았지만 이제 앞으로 나가는 수밖에 없었다. 묵직한 원통형의 연기 층으로 대기는 뿌옇고 이제 점점 어두워지기 시작했다. 빛이 희미해져 때아닌 황혼이라도 내린 것 같았고 주위는 거의 아무것도 보이지 않았다. 이제 더는 현실처럼 보이지 않았고 그들은 꿈이라도 꾸는 사람들처럼 움직였다.

필사적으로 샤피언은 카누를 앞으로 몰았다. 여기서 빠져나가지 못하면 산 채로 불타거나 질식해 죽을 게 분명했다. 이제 육로가 그리 멀지 않았고, 그 너머에는 그들이 가야 할 호수가 있었다. 그리고 빨리 가야 했다.

그들은 급류 끝의 깊고 잔잔한 웅덩이로 뛰어들었고 연기구름 사이로 흐릿하게 보이는 움직이는 이상한 형상들에 둘러싸였다. 사방에서 온갖 동물들이 이동하고 있었다. 강가를 따라 흩어져 뛰고 웅덩이를 헤엄쳐 가로지르고 물가에서 요란하게 첨벙거렸다. 한두 마리씩 따로 떨어져 우리의 여행자들과 같은 방향인 큰 호수로 향했다. 각자 모두가 안전하기 위해서는 호수로 가야 한다는 걸 알고 있었다. 다람쥐, 토끼, 마멋, 호저같이 발을 거의 적시지 않는 동물들이 웅덩이에서 헤엄치고 있었다. 공포로 동공이 커진 사슴은 하얀 꼬리를 획 흔들며 덤불을 통과하거나 뛰어넘었다. 곰 한 마리가 뒤뚱뒤뚱 빠르게 질주하며 쿵쿵거렸고 늑대 한 쌍은 평소 먹이인 사슴 옆을 편안하고 우아하게 달리며 전혀 쳐다보지도 않았다. 지금은 아무도 적이 아니었다. 아무도 허기지거나 흉포하지 않았고 서로를 두려워하지 않았다. 두 다리를 가졌거나 네 다리를 가졌거나 날개가 있거나 헤엄을 치거나 모두 숲의 주민들이었다. 동물, 새, 기는 생물 등 다른 때였다면 감히 같이 있지도 않을 생명체들이 나란히 도망치고 있었다. 아주 작은 생명부터 가장 거대한 생명까지 모두에게 가장 무자비하고 위험하고 치명적인 것은 자연의 붉은 적, 산불이었다.

카누 바로 앞에 숲의 주민 중 가장 큰 거대한 수컷 무스가 물에 깊이 잠겨 있었다. 등부터 털이 그슬리고 반쯤 자란* 뿔 한쪽만 남아 크고 깊게 숨을 헐떡이며 옆구리를 들썩였다. 아슬아슬하게 탈출했고 아마 엄청난 힘과 속도로 불 앞을 십여 킬로는 달려왔을 것이다. 샤피언이 노로 건드릴 수도 있는 거리에 있었지만, 그 거대한 짐승은 그들에게 전혀 신경도 쓰지 않고 다시 숨을 크게 들이마시고 물가로 뛰어들어 갖가지 외양과 크기의 다른 생물들과 합류했다. 큰 재앙을 맞아 숲의

* 이 시기 7월의 무스 뿔은 일부만 자라 있었을 것이다.

형제들은 이제 모두 함께 호수의 안전지대로 서둘러 달려갔다.

그리고 그들과 함께, 이 야생의 기묘한 행렬 속에 두 작은 인디언과 그들의 작은 친구가 있었다.

이제야 이 모든 상황을 깨달은 세이조는 공포에 사로잡혔다. 샤피언 자신도 절망스러웠지만 그들의 생존이 자기에게 달렸다는 걸 알기에 기운을 내 최선을 다해 그녀를 위로했다. 그녀는 용감하게 노를 저었다. 하지만 언제나 자신들의 고향이자 그렇게 친근했던 숲이 갑자기 아주 두려운 곳으로 느껴졌다. 어떤 어른이라도 그렇게 느꼈을 것이다. 하지만 하나는 열한 살, 다른 하나는 열넷인 이 두 아이는 그 마음을 기억하고 간직한 채 자신들의 생존과 칠아위를 위해 훌륭한 병사처럼 맞섰다. 그리고 같은 마음의 칠아위는 알다시피 큰 도움이 되지 않았다. 반대로 문제와 지체를 일으키는 모든 징후를 보여주었다. 실제 위험을 감지한 모든 동물이 그렇듯 폐부에서 우러나는 새된 비명을 지르며 지금은 감옥처럼 느껴지는 바구니 뚜껑을 쾅쾅 두들기고 물어뜯고 있었다. 안정시킬 방법을 찾지 못하면 곧 뛰쳐나올 듯했다. 그리고 일단 물로 들어가면 이런 소동과 혼란 중에 절대 다시 찾지 못할 터였다.

몇 분 지나지 않아 그들은 선착장에 도착했다. 육로는 연기에 가려져 거의 보이지 않았고 근처 산비탈을 따라 불이 빠르게 내려오고 있었다. 연기가 숲 위로 쏟아져 깔린 어둠이 지금은 무시무시한 붉은 빛으로 환해졌고 뿜어 나오는 열기가 확연히 느껴졌다. 그들은 재빨리 짐을 강가로 던졌다. 칠아위는 이제 별도의 짐처럼 운반하지 않는 한 다른 옮길 방법이 없었다. 잠깐은 내려놓아도 괜찮을 것 같고 건너편은 어떤 상황인지 알 수 없어 칠아위를 잠시 여기 두기로 했다. 바구니 뚜껑을 못 열게(완전히 공포에 질려 칠아위는 이빨을 쓰는 걸 잊고 있었다) 잠시 카누를 바구니 위에 걸쳐두고 아이들은 짐을 하나씩 들고 종종걸음으로 달려* 육로를 건너기 시작했다. 사방에서 황갈색 연기의 굵은 소용돌이가 크게 굽이치며 달리는 아이들의 주위를 포위했다. 기묘한 모양과 형태로 그들을 뒤에서 움켜잡기 위해 희뿌연 손을 흔들며 뻗치고 있는 것처럼 보였고 휘몰아치는 연기구름 사이로 오솔길 옆 나무들은 크고 시커멓

* 짐을 나르는 인디언들의 일상적인 보폭으로 평지에서는 걷기보다 편하다.

고 소리 없는 유령처럼 흐릿하게 모습을 드러냈다. 게다가 여기저기서 화염의 붉은 눈이 안개 사이로 그들을 향해 타들어 왔다.

그들은 꾸준한 속도로 앞으로 나아갔다. 저 멀리 호수에서 미풍이 불었고 육로 끝은 맑았다. 신선한 공기를 몇 번 깊게 들이마시고 짐을 물가에 남겨두고 칠아위와 카누를 향해 '질주'했다. '질주'라고 했지만 사실 악전고투에 가까웠다. 숨을 헐떡이며 눈이 반쯤 감겨 오솔길을 비틀대며 내려갔다. 찌르는 듯이 매캐한 연기를 차단해 고통을 줄이려고 반은 눈을 감고 갔다. 이전엔 느끼지 못한 두려운 마음으로 길을 따라 더듬더듬 갔다. 카누에 도착했을 땐 이미 사방이 불똥과 타다 만 나무토막으로 가득했다. 성난 화염이 더 거세져 나무, 연기, 물 등 모든 것이 시뻘겠다. 그리고 이제 아주 가까이서 낮고 무시무시한 불의 돌격 소리가 들려왔다.

불은 이제 코앞이었다.

그리고 동시에 칠아위는 최선을 다해 자신의 작은 생명을 구하기로 결정하고 바구니의 얇은 나무껍질을 착실하게 이로 갉고 있었다. 완전히 끝내기까지 시간이 많지 않았다. 바구니가 5분만 더 버텨줬으면!

바로 샤피언은 여동생의 머리 두건을 벗겨 재빨리 물에 적셔 그녀의 머리와 얼굴을 눈과 코만 내놓고 감쌌다. 그리고 그녀의 옷 위로 물을 뿌리며 말했다.

"기다리지 마. 바로 따라갈게, 어서 가!"

칠아위의 바구니를 양팔로 몸에 꼭 끌어안고 세이조는 붉게 타는 무시무시한 오솔길 통로로 사라졌다.

10 빈 바구니

THE EMPTY BASKET

CHAPTER TEN

불타는 나무가 바로 그의 앞 오솔길로 추락했다.

여동생이 시야에서 사라지자 샤피언은 자신의 옷을 적시고 노를 운반용 가죽끈에 매달았다. 아마 1분 정도 지연되었을 것이다. 지금 이 순간 아버지의 도움이 얼마나 간절했는지! 경험은 부족했지만 세 생명을 구하기 위해 그가 할 수 있는 최선을 다했다(그는 작은 비버도 마치 사람처럼 대했고 당연히 구해야 하는 어린 동생으로 여겼다). 그리고 그는 자신이 옳았기를 바랐다. 그리고 지금 세이조가 저 앞에 혼자 있다. 서둘러야 했다!

일종의 손잡이처럼 노 사이로 머리를 넣고 카누를 들쳐 메고는 급히 출발했다. 하지만 지연된 그 잠깐 사이에 불이 그를 따라잡았다. 3미터가 넘는 카누를 어깨에 멘 열넷의 소년이 할 수 있는 한 빠르게 달렸지만 바로 옆에서 묵직하게 갈라지는 화염의 장막이 보였다. 그 중앙에서 나무들이 쓰러지며 총성 같은 큰 소리로 위험을 알리며 화염을 뿜어냈다. 동굴 같은 진홍색 연기 사이로 숨도 쉬기 힘들고 눈은 찌르듯 따갑고 머리는 열기로 화끈댔지만 이를 악물고 계속 갔다. 바로 옆에서는 타닥거리며 타던 숲이 우르르 쾅쾅 포효했다. 모든 나무 꼭대기로 불이 순식간에 번지며 끔찍한 굉음과 함께 도미노처럼 불꽃이 옮겨붙으며 오솔길에서 점점 가까워졌다.

카누 밑에 약간의 숨 쉴 공기가 남아 있어 조금은 도움이 되었지만 열기를 견디기 위해 안간힘을 써야 했다. 불이 붙은 가문비나무가 선착장 근처에서 쓰러져 튀는 불똥과 날름거리는 불꽃으로 앞쪽 오솔길을 가로막았다. 불타는 덤불의 첫 번째 화염이 사그라지는 찰나를 노려 여전히 카누를 멘 채 시뻘건 나무 몸통 위로 점프했다. 몸으로 덮쳐오는 뜨거운 열기에 거의 질식할 것 같았고 착지하며 무릎이 꺾였다. 몸을 바로 잡고 불을 피해 얼른 카누를 치웠지만 용감하게 펄럭이는 여우 꼬리에 불이 붙었고 순식간에 바싹 그슬렸다. 하지만 그는 계속 갔다.

뒤집힌 카누 안으로 불이 붙은 나무껍질 조각과 빨갛게 달아오른 재가 떨어져 연기가 피어올랐다. 누군가 뒤에서 봤다면 이미 불이 붙은 것처럼 보였을 것이다. 하지만 실제는 불꽃이 금세 사그라들었다. 그리고 이제 여동생을 따라잡아야 했다. 들고 뛰기 힘든 바구니보다 나무껍질 카누가 무겁긴 해도 안정적이고 균형감이 있어 그녀는 샤피언보다 속도를 내지 못했을 것이었다. 갑자기 그는 칠아위가 바구니를 뜯고 탈출했고 세이조가 그를 잡기 위해 어딘가에서 지체하고 있을 때 그가 지나쳤을까 봐 두려워졌다. 그러나 바로 앞에서 연기가 걷히고 있었고 호수에서 오는 바람이 느껴졌다. 갑자기 아프고 어지럽고 눈에서 흐르는 물기에 시야가 흐려져 비틀대다 다시 넘어졌다. 카누와 함께 뭔가 부드러운 것 위로 떨어졌다. 오솔길을 가로질러 엎드려 있는 세이조였다. 한 손에는 빈 바구니를 꼭 쥐고 있었다. 칠아위는 마침내 바구니를 뜯고 나와 사라졌다!

거의 본능적으로 샤피언은 카누 아래서 기어 나와 무릎으로 엉금엉금 가로질러 세이조를 안아 올렸다. 숨이 턱 막혀 신음이 흘러나오고 무릎은 꺾이고 귀에서 큰 이명이 들려오는데 간신히 그녀를 안고 호숫가까지 끌고 갔다.

거기 그녀를 눕히고 얼굴에 물을 뿌렸다. 그리고 손을 문지르며 소리쳤다. "세이조, 세이조, 말 좀 해봐! 말을 해봐!" 그러자 그녀는 눈을 뜨고 간신히 "칠아위"라고 내뱉었다. 그는 칠아위가 없다고, 빈 바구니뿐이라고 그녀에게 말할 엄두가 나지 않았다.

그리고 이제 여기도 연기가 그들 위로 퍼지며 선착장 전체가 타오르고 있었다. 샤피언은 세이조의 두건을 적셔 얼굴에 던져주고는 카누를 찾으러 갔다. 다행히 멀지 않았지만 더는 들 힘이 없어 한쪽 끝을 움켜잡고 강가까지 끌었다. 짐을 빨리 싣기 위해 선미를 물가로 빼서 굽히고 급히 꾸러미 채로 짐을 던지고 세이조를 뱃머리로 올렸다. 그녀는 바구니를 꼭 움켜쥐고 "칠아위, 칠아위, 칠아위"하고 힘없이 울기만 했다. 서글프게 "칠아위"만 반복했다.

순식간에 일어난 일이었고, 반대쪽으로 짐을 가볍게 뛰어넘은 샤피언은 가능한 빨리 선미를 후진시키기 시작했다. 그리고 이제 뒤에 남겨져 모든 구조의 손길에서 멀어진 그들의 털 난 작은 친구를 생각하자 목구멍에서 크게 흐느낌이 새어 나왔다. 하지만 분명 그는 손쉽게 물을 찾는 재주가 있으니 호수로 왔다면 길은 모르더라도 아직 살아 있을지 모른다고 생각했다. 그의 뒤 호수 위쪽으로 선명한 철썩 소리와 첨벙 소리가 들렸다. 거기 잃어버린 칠아위가 있었다. 아주 건강하게 살아 있었다. 그의 꼬리로 가까스로 탈출했던 이 붉은 적에 대한 사적이고 개인적인 의견을 전해주어 감사할 따름이다. 샤피언은 큰 목소리로 외쳤다. "세이조! 세이조! 칠아위는 살아 있어. 호수 위로 나왔어. 봐봐!"

카누 선수에 누워 있던 세이조는 울음을 터트리며 가슴이 미어지듯 흐느꼈다. 그녀는 자신의 작은 친구가 죽었다고 믿었을 때는 울지 않았지만 이제 그가 살아 있다는 걸 알게 되자 마음껏 울 수 있었다. 기뻐서 원하는 만큼 크게 오래 울 수 있었다.

칠아위는 꽤 멀리 있어 위험하지는 않았다. 하지만 뒤로 노를 저어 카누를 바로 출발시키지 못했다. 숲의 초입에 물 쪽으로 드리워진 푹 패인 거대한 소나무가 내내 맹렬히 타고 있었다. 샤피언은 카누를 돌릴 수 있을 만큼 뒤로 후진하기 위해 애쓰고 있었다(이 모든 일이 일어나는 데는 이것에 대해 말하는 것만큼이나 시간이 걸리지 않았다). 강렬한 열기에 말라버린 소나무 껍질이 쩍 갈라졌고, 연통처럼 그 사이를 빠른 불길이 나무 꼭대기까지 솟구쳤다. 수백 년 동안 위엄 있게 황야를 내려다보던 아름드리 거목이 화염 덩어리를 하늘로 뿜어냈다. 타버린 밑동이 치솟는 화염의 힘에 버티지 못하고 무너지며 거대한 몸통이 살짝 기우뚱하다 호수로 쓰러지며 곧장 카누 쪽으로 광폭하게 덮쳐왔다. 처음에는 천천히 그리고 점점 빠르게 30미터가 넘는 거대한 것이 중심을 잃고 쓰러지며 가공할 부채꼴 형태의 불꽃이 아래로 돌진했다. 눈앞의 공포에 잠시 굳어 있던 샤피언이 필사적으로 카누를 멈춰 강가로 미친 듯이 몰아갔다. 바로 뒤에서 불타는 나무가 귀를 찢을 듯한 굉음과 함께 호수로 곤두박질쳤고 불과 물이 만나며 1킬로는 훨씬 넘는 거리에서도 들릴 정도로 '치지직' 하고 날카로운 소리를 냈다. 불꽃이 꺼지면서 연기와 증기가 쏟아져 나와 모든 것을 덮었고 아무것도 보이지 않았다. 이 끔찍한 추락으로 생긴 파도가 카누를 격렬하게 흔들었고 세이조는 겁에 질려 위험하게 흔들리는 카누에서 벌떡 일어나 비명을 질러댔다. 샤피언은 달려가 그녀를 안아주며 전혀 두려워할 것이 없다고 달랬다.

그리고 칠아위 선생은 다소 저항의 의미로 호수 위로 작은 꼬리를 철썩였다. 아마도 추락한 나무를 표현하는 것 같았고 아주 미약한 흉내였다고 할 수 있겠다.

잠시 후 카누는 아무 문제 없이 출발했고 작은 비버는 다시 구조되어 아주 기쁜 듯 기꺼이 몸을 맡겼다. 그 뻔뻔한 꼬리가 들려져 배 위로 던져졌다. 그는 집 주변을 기어다니고 아이들의 냄새를 맡고 뛰어다녔다. 최고로 즐겁고 흥분된 상태의 신호였다. 그는 털끝 하나도 다치지 않은 듯했다. 분명 그 짧은 다리로 땅 위를 아주 낮게 달려 모든 것이 그 위로 스쳐 갔을 것이다. 이제 그는 축제 중이었고 그래서 그들 모두 함께 호수에서의 재회를 축하했다.

멀리 가지 않아 세이조는 상태가 좋아졌고 곧 상체를 일으켜 앉을 정도가 되었다. 샤피언은 그녀가 노를 젓지 못하게 하고 자신과 마주 앉혔다. 그녀는 뜨겁고 타는 연기에 아무것도 보이지 않고 숨이 막혀 칠아위가 바구니에서 빠져나왔을 때 잡지 못했다고, 있었던 일을 이야기했다. 정신이 나가서 어딘가에서 넘어졌는데 다시 일어날 수가 없었고, 샤피언이 얼굴에 물을 뿌려 정신이 들었고 그게 기억나는 전부라고 했다. 칠아위가 도망간 걸 깨닫고 그가 연기구름 속으로 사리지는 걸 보며 그를 불렀던 것도 기억하지 못했다. 그녀는 이야기를 마치고 오빠의 얼굴을 빤히 보더니 웃기 시작했다. 오빠를 볼 때마다 더 크게 웃었다. 샤피언은 살짝 겁이 났다. 위험한 일을 겪고 그녀가 정신이 이상해진 건 아닌지 걱정되었다. 그녀가 소리쳤다.

"샤피언! 얼굴, 얼굴 좀 봐. 눈썹이 없어!" 그리고 갑자기 웃음을 멈추고 자신의 눈썹을 만지며 걱정스럽게 물었다. "내 건 어때? 괜찮아?" 그리고 카누 옆 물 위로 자신의 얼굴을 비춰보았다. 하지만 카누가 움직이며 물결이 생겨 당연히 아무것도 보이지 않았다. 그러다 진짜 걱정스럽게 울었다.

“아! 얼굴 좀 보게 카누 좀 멈춰줘. 말해줘, 내 눈썹 있어?”

그녀는 아주 진지했고 샤피언은 너무 웃겨서 바로 말해주지 않았다. 그러다 결국 눈썹이 모두 괜찮다고 말해주었다. 그랬다. 양쪽 모두 괜찮았다. 사실 그때 얼굴을 거의 가리고 있었기 때문에 무사했다. 하지만 거의 죽을 뻔했는데 눈썹 같은 작은 걸 걱정하다니, 소녀 같다고 샤피언은 생각했다. 그리고 사실 덧붙이자면 이렇게 무사한 것도 기적이라고 할 수 있었다.

카누는 가장 고초를 겪었지만 다소 심각하게 물이 새는 것 빼고는 그럭저럭 잘 움직였다. 그들 뒤로는 불이 정복군처럼 선착장을 휩쓸며 전부 시커멓고 연기 자욱한 폐허로 만들어 놓았다. 음, 이제 그들은 안전했다. 둘 다 머리가 아프고 눈이 쓰라린 것만 빼고는 아주 활력이 넘쳤다. 샤피언은 이번에 산불을 이겨낸 것에 고무되어 있었고, 세이조는 그들이 최악의 산불을 겪고도 무사했으니(그녀의 생각이었다) 이제 세상 그 무엇도 칙아니에게 가는 길을 막을 것은 없다고 여겼다. 그리고 칠아위는 누구보다 잘 이겨낸 듯 보였고 더는 생각조차 없어 보였다. 편히 세이조 무릎을 베고 카누 바닥에 늘어져 바로 잠이 들었다.

그날 오후 그들은 호수에서 멀리 떨어진 섬의 안전하고 적당한 자리에 일찍 캠프를 차리고 피해를 점검했다. 나중에 저절로 자랄 눈썹은 별로 수리할 것이 없었지만 카누와 관련해서는 할 일이 많았다. 화려하고 당당한 꼬리는 표면이 그슬려 쪼그라든 조각이 되었고, 한때 예리하면서도 신중했던 눈은 거의 사라졌다. 페인트가 대부분 벗겨지고 갈라지고 떨어져 나갔다. 쓰러지는 나무를 피할 때 뱃머리가 강변에 세게 충돌하며 나무껍질이 꽤 넓은 두께로 찢겨 나갔다. 틈을 메운 가문비 점액이 녹았고, 떨어진 불씨가 타며 바닥과 옆면 몇 군데가 아주 살짝 그슬렸다. 또 텐트와 담요에 불꽃이 튀면서 구멍이 생겼다. 그러나 피해는 아주 소소했고 더 심각하고 나쁜 일을 당할 수도 있었다. 칠아위의 바구니 뚜껑이 떨어져 나갔고 옆에는 바구니 4분의 1 크기의 구멍이 났다(전투에서 칠아위의 성과였다). 하지만 인근에 자작나무가 많았다. 샤피언은 그 나무껍질을 잘라내 바구니 구멍을 메꾸고 이전과 거의 비슷한 다른 뚜껑을 만들고 나무껍질 조각 몇 개와 새로운 약간의 접액으로 카누를 수리했다. 눈과 꼬리는 나중을 기약해야 했다. 한편 세이조는 인디언 여자들의 필수 휴대품인 바늘과 실로 바쁘게 움직였다. 바로 텐트와 담요가 수선되었고 어두워질 무렵에는 내일 아침 새로운 출발을 위한 모든 준비가 끝났다.

그날 밤 둘은 나란히 앉아 고향 쪽을 바라보며 아버지를 다시 볼 수 없을 뻔했다는 생각에 그를 그리워했다. 아직도 멀리서 희미하게 불의 낮은 굉음이 들려왔고 하늘은 수 킬로 밖까지 야생의 모든 위험 중에 가장 거대하고 아름답고 섬뜩한 광채로 시뻘겋게 빛났다. 그 앞에서는 모두 똑같이 무력했다. 거대한 숲과 수천 마리의 동물들, 때로는 인간 마을 전체가 부주의한 인간의 성냥 하나에 너무 쉽게 파괴되었다.

밤이 깊어 샤피언은 덤불 침대에 누워 텐트의 천막 위로 점점 희미해지는 붉은 광채를 보았다. 늪과 벌거벗은 바위에 다다른 불이 잦아든 것이었다. 그리고 자신이 지금은 비록 성인 남자가 아니지만 이런 식이면 그리 오래 걸리지 않겠다는 뿌듯한 결론을 내렸다.

그리고 칠아위를 품에 안고 깊이 잠든 세이조를 바라보며 한숨을 크게 내쉬고 눈을 감았다. 그도 곧 그들과 함께 꿈나라로 갔다.

11 하얀 형제

WHITE BROTHER
TO THE INDIANS

CHAPTER ELEVEN

"네 총은 필요 없어." 무역상이 날카롭게 말했다.

이틀을 더 가 래빗 포티지에 도착했다. 전체 이름은 '와푸즈카니멕Wapoose-ka-neemech', 영어로는 '춤추는 토끼들의 장소'라고 했다. 몇 년간 이곳에서 토끼들이 번성했기 때문에 이런 이름이 붙었다. 달빛 아래서 여러 마리의 토끼들이 뒷발로 땅을 빠르게 치고 나가면 그 소리와 모습이 마치 춤을 추는 것처럼 보인다. 하지만 백인들이 그렇게 불러서 래빗 포티지인 것 같다.

아이들은 칠아위가 안전하게 수영할 수 있는 무역거래소 근처 작은 만에 캠프를 꾸렸다. 보통의 인디언 야영지는 지금 여름이라 텅 비어 생존을 위해 무엇이든 해야 하는 굶주린 썰매개들로 득실득실할 터였다. 썰매개들은 크기만 적당하면 다 죽였고 나무나 철이 아니면 뭐든 씹어 먹었다. 아주 어린 아이들도 개들의 경로를 피해 다녀야 했다. 텐트가 쳐지고 적당히 두텁고 봄내음 나는 덤불 자리가 깔리고 장작이 준비되고 모든 것이 안락하게 갖춰지자 샤피언은 카누를 타고 모피거래소를 찾아갔다.

거기서 여름 초, 그 운명의 날에 그들 집에 왔던 상인을 찾았다. 그는 이 지역이 처음이었고 인디언어는 아주 조금밖에 하지 못했다. 그리고 샤피언의 영어 실력은 별로 좋지 않았다. 방해받지 않으려 상인은 그를 상점 뒤 개인 사무실로 데려갔다. 거기서 그들은 어떻게든 소통하려고 애썼다. 샤피언은 그의 앞에 화살처럼 꼿꼿이 서서 최선을 다해 문제를 설명했다. 칙아니가 팔려간 후 얼마나 모든 것이 나빠졌는지, 여동생은 내내 슬퍼했고 칠아위는 너무나 외로워했고 그들 모두 얼마나 불행한지를 이야기했다. 그리고 상인보다 판사처럼 보이는 그는 책상 뒤에 앉아서 샤피언이 말하는 모두를 아주 열심히 들었고 말이 끝나자 이렇게 말했다.

"그러니까 칠아… 뭐?"

"칠아위" 샤피언이 정정했다.

"아, 그래." 상인이 엄격한 표정으로 말을 이었다. "그러니까, 치칼리는 외롭습니다. 그렇죠? 그리고 당신 여동생도 그렇습니다. 그리고 당신은 치크, 이름이 뭐라고요? 치나위를 돌려받고 싶다, 맞죠?"

"네." 샤피언은 참을성 있게 대답했습니다. "칙아니를 돌려주세요."

상인은 헛기침하며 콧방귀를 뀌었다. 무슨 황당한 얘기야! 강아지보다 크지도 않은 낑낑대는 작은 짐승

때문에 이런 소란이라니, 그는 생각했다. 하지만 샤피언은 어눌한 상인의 언어로 천천히 조심스럽게 단어를 골라 낮고 침착한 목소리로 말을 이었다.

"나는 일할 것입니다. 당신의 겨울을 위해 나무를 만들겠습니다(나무를 하겠다는 말이었다). 나는 여름내 당신을 위해 일합니다. 또 나는 내 총을 당신에게 팝니다. 그래서 이제 나는 나무와 내 총을 칙아니와 바꿉니다. 그것이 내 말입니다." 하지만 총은 그에게 너무 소중했기에 마지막에 목소리가 조금 떨렸다.

"네 총은 필요 없어." 상인이 쏘아붙였다. "총은 거래소에서 네가 샀고 우리는 다시 살 생각이 없어. 여긴 전당포가 아니야!" 차가운 푸른 눈이 아주 잔인해 보였다. 전당포가 뭔지도 모르는 불쌍한 샤피언은 입술이 떨리는 것을 감추기 위해 모카신을 내려다보았고 다시 당당하게 고개를 들고 차분한 목소리로 말했다.

"그럼, 나는 겨우내 일합니다. 1년 내내 당신을 위해 일합니다. 칙아니를 위해 1년."

황당하군! 상인은 생각했다. 얘가 미쳤나? 그는 인디언에 대해 거의 알지 못하는 것이 확실했다. 갑자기 그가 물었다.

"산불 봤어?"

"네. 나, 세이조, 칠아위 산불을 뚫고 왔습니다. 선착장 다 탔습니다. 죽을 뻔했습니다, 우리."

백인은 그를 노려보았다. '산불을 뚫고! 터무니없는 소리!' 거칠게 쏘아붙이려 막 입을 열려던 차에 다른 생각이 들어 목에서 컥 소리만 새어 나왔다. 그도 이 어린 친구가 얼마나 진심인지 느껴졌기 때문이었다. 그리고 그를 보고 자신이 할 수 있는 게 없어서 진짜 미안했다. 칙아니는 다시 팔려갔다. 이번엔 야생 동물 우리가 있는 공원 소유자인 어떤 도시 사람에게 팔렸다(칙아니는 야생 동물이었다)! 살아 있는 비버는 희귀하고 비싼 동물이었다. 그는 샤피언에게 이를 모두 설명했다. 하지만 여전히 말투는 거칠었고(오만한 말투였다), 이는 그가 교역에 초보라 인디언들은 그렇게 대해야 한다고 여겼기 때문이었다. 붉고 성난 얼굴과 차가운 푸른 눈에도 불구하고 그가 보이는 것처럼 이상한 괴물은 아니어서 다소 불편한 감정으로 이야기를 끝냈다. 그리고 이제 친절한 어조로 칙아니는(이번에 치카루라고 했다) 한 달 전에 50달러에 팔렸다고 말했다.

50달러! 소년은 가슴이 쿵 떨어졌다. 50달러, 그런 돈은 본 적도 없었다. 무역상들은 거의 돈을 주지 않았다. 모피를 받고 물건만 주었다. 인디언들은 돈을 받아도 같은 가게에서만 쓰기 때문에 왔다 갔다 할 필요가 없었다. 50달러, 노동 제공과 소중한 총, 둘 다 거절당했다. 그는 이제 다른 줄 것이 없었다. 하지만 쉽게 포기하는 것은 그의 방식이 아니었다. 그는 캠프로 돌아와 세이조에게 칙아니가 어디 있는지 알았다고 말했다. 그녀는 이 소식에 너무 기뻐했다. 상인이 얼마나 무자비한지, 그들이 결코 구할 수 없는 큰 금액에 대해서는 한마디도 하지 않았다. 그래서 세이조는 이제 샤피언이 나무를 좀 해서 도시로 가는 여비를 벌어올 때까지만 기다리면 된다고 생각했다. '사람들이 며칠마다 왔다 갔다 하니까 아주 비싸지는 않을 것이다!' 그리고 칙아니를 다시 사야 한다는 것만 빼면 어떤 면에서 그녀가 옳았다. 하지만 그것이 얼마나 참담한 상황인지 알지 못했다.

샤피언은 혼자 무거운 짐을 지고 50달러를 벌 방법을 생각하느라 머리를 쥐어짰다. 철도 요금은 무서워서 묻지도 못했다. 때때로 그의 아버지가 이 일을 아시면 뭐라 하실까 궁금해졌다. 그리고 설령 아버지의 기대와 다르더라도 세이조의 행복을 위한 행동은 쉽게 용서하실 거라고 어느 정도 확신했다. 밤새도록 담요를 쓰고 돌아누워 고민하고 고민하며 뒤척였다.

어쨌든 도시에 도착하면, 그는 도시 사람들은 상인 같지 않고 일부 백인들은 친절하다고 들었다. 거기 도시로 내려가 칙아니를 소유한 사람들에게 자신들의 상황과 모두의 괴로운 마음을 설명하면 그들이 칙아니를 세이조와 함께 집으로 돌아갈 수 있도록 해줄지도 모른다. 그리고 그는 뒤에 남아 어린 죄수의 몸값을 치를 때까지 그들을 위해 일할 수도 있다. 그렇지 않으면 전체 비용이 100달러는 될 것이라고 확신했다. 불쌍한 샤피언! 그는 100달러보다 큰 금액은 상상할 수도 없었다. 그는 진짜 100달러를 번 부유한 인디언에 대해 들었다. 그는 미국인 일행의 숲 안내인을 했다. 이 기치 모코먼Gitchie Mokoman, '큰 칼들Big Knives'을 위해 일하기는 어렵지 않았다. 그들은 안내인을 하인이 아닌 친구처럼 대했고, 마을 사람들에 따르면 여행이 끝난 후에 높은 급료와 때로는 텐트, 담요, 총, 캠핑 장비들을 나눠 주기도 했다. 그 이야기를 떠올리자 새로운 계획이 생각났다. 그건 다음과 같다.

이삼일마다 래빗 포티지에는 크고 엉성한 증기선이 강으로 올라왔다. 양쪽으로 두 개의 갑판과 거대한 바퀴가 달렸고 선실에 장작 난로가 있는 증기선이었다. 이 우스꽝스러워 보이는 배가 철도까지 왕복했다. 하지만 돈이 없으면 아무도 탈 수 없었다. 항상 돈이라고 샤피언은 생각했다. 선장이 승선료로 얼마를 원하는지 궁금했다. 그는 전혀 돈이 없으니 그가 가진 것보다 비쌀 것이다. 어쨌든 많은 미국인들이 종종 타고 왔다. 그들 중 몇몇은 안내인이 필요할 수도 있고, 그가 정말 잘할 수 있는 일이었다.* 이 참신한 계획에 사로잡힌 그는 아침을 먹자마자 거래소로 달려갔지만, 증기선은 정오쯤 도착할 예정이라 무역상들만 있었다. 정오 직전, 이 번잡한 물건이 칙칙거리며 강을 올라와 크게 반원을 그리며 부두로 들어왔다. 추진 바퀴로 크게 물을 튕기며 승선 지시와 벨 소리로 요란했다. 전국에서 유일하게 실제로 운항하는 증기선에나 있을 법한 모든 허세적이고 요란한 광경이었다. 아니나 다를까 한 무리의 관광객과 샤피언의 개념에서는 겨우 사십 명의 짐치고 너

* 캐나다 북부에서 사냥, 낚시를 하거나 절경을 보기 위해 미국인들이 인디언을 안내인으로 고용했고, 일부 인디언 마을의 유일한 수입원이기도 했다.

무 과한 캠핑 장비들이 하선했다. 그들은 무두질한 모카신에 긴 땋은 머리를 한 인디언 소년을 신기한 듯 쳐다보았다. 몇몇은 실물을 처음 보는 듯 그들끼리 소곤대며 논평했다. 그리고 한두 명은 그를 향해 검은 상자를 눌러댔다. 샤피언은 이들의 시선에 창피하고 부끄러웠다. 갑자기 그들 앞에서 아주 초라하고 쓸쓸해졌고 그들 중 단 한 명의 안내인도 할 용기가 없다는 걸 알았다. 그래서 그는 몸을 돌려 뛰고 싶은 마음을 누르고 최대한 빨리 걷기 시작했다. 그때 인디언 언어로 부르는 목소리가 들렸다.

"잠깐만, 얘야. 기다려봐. 얘기 좀 하자."

거기서 인디언은 보지 못했는데, 그는 걸음을 멈추고 뒤돌아보았다. 인디언도 아니면서 자신처럼 오지브웨이어에 아주 유창한 사람이 그에게 다가왔다. 밝은 금발에 거래소 관리처럼 차가운 푸른 눈이 아닌 웃는 친절한 푸른 눈을 가진 키가 크고 강인한 백인 남자였다. 목의 단추를 푼 하얀 셔츠에 소매는 팔꿈치까지 말아 올렸다. 피부 전체가 햇볕에 그을려 거의 인디언 피부색 같았다. 게다가 모카신을 신고 있었다. 긴장하고 있었지만 샤피언은 그가 아주 익숙하지는 않은 듯 다소 조심해서 걷고 있는 걸 알아챘다.* 낯선 사람이 그에게 다가와 어깨에 손을 얹었고 왠지 샤피언은 창피하거나 어색하지 않았다. 그리고 그 시끄럽고 말 많은 관광객들이 보고 있다는 것도 신경 쓰이지 않았다. 웃는 남자의 얼굴만 보였고, 그에게 너무 익숙한 부드러운 음성으로 자신의 언어를 유창하게 구사하는 이 밝은 머리 색의 남자 말만 들렸다.

"무서워하지 마세요." 노랑머리 남자가(샤피언은 이미 그를 속으로 노랑머리라고 이름 붙였다) 말했다. "모두 좋은 사람들입니다. 기치 모코먼, 미국인들입니다. 모두 인디언을 좋아하고 당신 사진을 찍고 싶을 뿐이에요." 여전히 샤피언의 주의를 끌며 그가 말을 이었다. "당신 캠프로 가서 이야기하면 어떨까요? 산불을 겪은 모험 이야기도 듣고 싶고, 게다가 오랫동안 기치 미쿼의 아이들을 보고 싶었어요." 그는 아버지를 잘 알고 있었고 다른 모든 백인처럼 그를 퀼이라고 불렀다.

샤피언은 즉시 그가 친구라고 느꼈고 호감이 생겼다. 안 지 얼마 되지 않았지만 결국 여기서 자신이 믿어

* 황야에 익숙하지 않은 사람들은 발에 굳은 살이 없어 모카신을 신으면 힘들어했다.

야 할 사람이라고 느꼈다. 그래서 샤피언은 숲길을 따라 캠프로 그를 안내했다. 카누에 태우지 않은 것은 백인들은 그렇게 작은 카누를 무서워한다고 항상 들었기 때문이었다. 비록 나중에 이 갈색 청년이 사실은 카누를 아주 잘 다룬다는 것을 알게 되었지만 말이다.

세이조는 저녁을 준비하고 있다가 그들이 오는 것을 보고 텐트로 달려가 몸을 숨겼다. 그녀가 싫어했던 무역상을 빼고는 한 번도 백인을 그렇게 가까이서 본 적이 없었다. 샤피언은 그녀를 달래 나오게 하려고 갖은 애를 써야 했다. 하지만 방문객의 유창한 인디언어와 쾌활한 웃음소리를 듣고 그녀는 밖을 살짝 내다보았다. 그리고 아버지 옆에서 본 적이 있는 가장 친절하고 쾌활한 두 눈을 똑바로 당당하게 내다보는 자신을 깨달았다. 그녀는 호기심이 생겨 밖으로 나왔다. 그리고 불 옆에 앉아 냄비와 접시를 들고 왔다 갔다 아주 바쁜 척했다. 그녀도 이 유쾌한 낯선 사람을 자세히 보고 싶어서 머리 두건을 얼굴 위로 당기고 그 밑으로 그를 훔쳐보았다. 그리고 그가 관심을 보일 때마다 얼굴이 빨개져 고개를 숙였다. 그러면 두건으로 다시 얼굴을 가리고 불 근처에서 분주하게 움직였다. 드디어 요리가 완성되었다. 그들은 모두 함께 저녁을 먹었다. 샤피언은 이 백인이 인디언처럼 바닥에 편히 앉는 것을 보고 더 관심이 생겼다. 그는 인디언과 생활 방식이 아주 비슷한 사냥꾼을 제외하고는 어떤 백인에게도 보지 못한 면을 가졌다.

노랑머리 남자는 요리를 칭찬하며 한동안 이런 식사를 하지 못했다고 했다. 그가 정말 그랬을 것 같지는 않다. 버터 대신 라드, 약간의 말린 사슴고기 조각, 설탕 없는 차, 그리고 배넉뿐이었다. 하지만 그는 정말 잔치라도 되는 것처럼 굴었다.

식사가 끝나고 손님은 담배에 불을 붙이고 잠시 피웠다. 세이조는 아주 이상한 흡연법이라고 생각했다. 어느 정도 나이가 있는 여성들을 포함해 모든 인디언은 파이프를 사용했고 그녀는 궐련을 한 번도 본 적이 없었다. 하지만 이렇게 인디언어가 유창한 이 이상한 남자의 또 다른 이상한 취향이라고 여겼다. 그는 아주 괴상하게 행동했지만 아주 유쾌하기도 했다. 아이들은 서로 그렇게 속삭였다.

담배를 피우며 그는 자신을 소개했다. 그는 선교사였다. 강요하는 방식으로 인디언들의 모든 관습을 성

급히 바꾸려 드는 선교사는 아니었다. 소박한 믿음, 전부는 아니더라도 그중 일부는 아주 아름답다고 생각했고 인디언들에게 자신들의 특정한 방식을 강요하려 하지 않았다. 인디언을 형제처럼 느끼는 사람이었다. 그는 책으로 인디언어를 배웠고 크리족Crees, 소토족Salteaux[Soto], 알곤킨족Algonquins과 오지브웨이족(모두 비슷한 언어를 사용했다) 주거지들을 여기저기 돌아다니며 함께 일하고 학교를 세우고 아픈 사람들을 돌보며 어디서든 행복을 전하기 위해 노력했다. 세상의 모든 인간은 하나의 거대한 가족이고 위대한 영혼은 붉은 인간과 백인 모두를 똑같이 사랑하고 보살핀다고 믿었기 때문이다. 그리고 그는 위대한 영혼을 위해 일하기를 원했다. 그리고 인디언들에게 아무것도 요구하지 않고도 이 일에 자신의 모든 시간을 바칠 수 있도록 그 비용을 대는 좋은 사람들이 도시에 있다는 것을 말해주었다.

이 어린 인디언 소년 소녀는 그 얘기를 듣고 의아했다. 그들은 항상 인디언들이 잊혀졌다고 생각했다. 이미 그들의 땅에서 그들을 몰아냈으니 더는 그들이 어떻게 되어도 신경 쓰지 않는다고 생각했다. 하지만 아이들은 이제 그의 피부가 태양이 비치지 않아도 그렇게 하얗고 그의 눈이 자신들처럼 까맣지 않고 정오의 하늘처럼 푸르더라도 그가 말한 것과 그가 형제라는 것을 믿을 수밖에 없었다.

그때쯤 막 물놀이를 마친 칠아위가 텐트에서 몸을 말리고 털을 손질하며 모든 이야기를 듣고 있었다. 저녁 식사 중에 무슨 일이 일어났다는 것을 눈치채고 도대체 무슨 일이지 보려고 텐트에서 굴러 나왔다. 그리고 낯선 사람을 보고 조사해봐야겠다고 마음먹고 저녁 식탁 위로 올라왔다. 식탁이라고 해봤자 아무것도 없이 땅에 깨끗하게 하얀 천만 깔고 그 위에 그릇들을 놓아두었다. 칠아위는 접시 사이로 쿵쾅거리며 식탁 위를 똑바로 가로질러 방문객 앞으로 왔다. 그리고 뒷다리로 일어나 방문객을 아주 꼼꼼히 살폈다. 아마도 이렇게 큰 방문객을 특별히 대해주면 아주 많은 배넉을 얻을 수 있다고 생각한 듯했다. 어쨌든 그를 아주 만족시키려는 듯 보였다. 예전처럼 춤이라도 추는 것처럼 머리를 앞뒤로 흔들며 좌우로 몸을 흔들었다. 이어 접시 사이에 누워 꿈틀대고 꼼지락댔다. 엄청나게 요란하고 대단히 소란스러웠다. 접시와 컵들이 엎어지고 흩어졌다. 조용히 시키기 위해 세이조가 텐트에 가서 먹으라고 서둘러 큰 배넉 조각을 주었다. 하지만 이번엔 그렇게 쉽게 뇌물에 넘어가 일행을 떠나지 않았다. 바로 식탁보 위에 웅크리고 앉아 양손에 배넉을 쥐고 방문객을 향해 반짝이는 검은 눈동자를 고정한 채 완전히 상황을 즐기고 있었다.

사실 칙아니가 떠난 이후 그가 재밌는 춤을 춘 것은 이번이 처음이었다. 그래서 세이조는 앞으로 일이 잘 풀려갈 조짐이라고 생각했고, 그 어느 때보다 이를 확신했다. 노랑머리는 자신이 본 가장 웃기는 공연이라고 생각했고 진심으로 마음껏 웃었다. 이에 세이조는 수줍음을 완전히 벗어던지고 같이 즐겼다. 진짜 너무 우스운 장면이라 마음이 무거웠던 샤피언조차 살짝 웃을 수밖에 없었다.

노랑머리는 그들이 어떻게 동물 중에 가장 낮을 가리는 비버를 얻게 되었는지, 어떻게 이렇게 유순한지 물었다. 무역상에게 이미 많은 이야기를 들었지만, 그는 더 자세히 물었다. 아이들은 처음에는 주저하다가 기꺼이 그에게 이야기를 들려주었다(그는 아주 영리하게 질문할 줄 아는 청년이었다). 아이들은 거의 죽어가던 두 마리의 어린 비버를 어떻게 구했는지, 어떻게 아버지가 주는 세이조의 생일선물이 되었는지, 어떻게 칠아위와 칙아니, 큰 꼬마와 작은 꼬마로 이름 지었는지를 모두 이야기했다. 작은 꼬마가 사라진 후 그들 모두 얼마나 슬프고 불행한지, 불쌍한 칠아위가 얼마나 쓸쓸해하는지를 이야기했다. 그들의 작은 친구를 찾아 나섰다가 도중에 산불로 거의 죽을 뻔한 이야기를 그는 귀 기울여 들었다(아주 경청했다). 마지막으로 샤피언은 도시로 가서 칙아니를 집에 데려오기 위한 돈을 벌 일을 찾아야 한다고 말했다.

모든 이야기를 들은 후에 청년은 심각하고 아주 조용해졌다. 웃음기가 얼굴에서 완전히 사라졌다. 말을 하지는 않았지만 샤피언을 위해 해줄 일이 없다는 것을 깨달았기 때문이었다. 그리고 생각에 잠긴 채 손을 뻗어 새끼 비버의 부드럽고 윤이 나는 털을 쓰다듬으며 혼잣말처럼 영어로 말했다.

"그러니까 이 아이는 큰 꼬마고 작은 꼬마는 멀리 도시에 혼자 있다. 그리고 이 아이들은… 이럴 순 없어!"

그는 세이조가 두건을 끌어당기는 걸 눈치채고 힐끗 보았다. 세이조는 어깨에 둘렀던 두건을 다시 머리에

썼다. 힘들게 참아보려 했지만 굵은 눈물 두 방울이 뺨으로 천천히 굴러떨어졌다.

그러자 그는 일어나 자리를 떴다. 하지만 떠나기 전에 아이들에게 이렇게 말했다.

"나는 당신들의 친구이자 당신 아버지의 친구입니다. 내일 다시 오겠으니 또 같이 저녁을 먹읍시다. 당신들의 앞에 어둡게 드리워진 먹구름을 제가 몰아낼 수 있을지도 모릅니다. 장담할 순 없지만 노력하겠습니다. 태양을 가린 안개를 몰아내는 것이 내 일입니다. 그럼 우리 모두에게 다시 햇빛이 비칠 것입니다."

그리고 손을 흔들며 떠났다.

12 기치 모코먼의 선물

THE BIG KNIVES

CHAPTER TWELVE

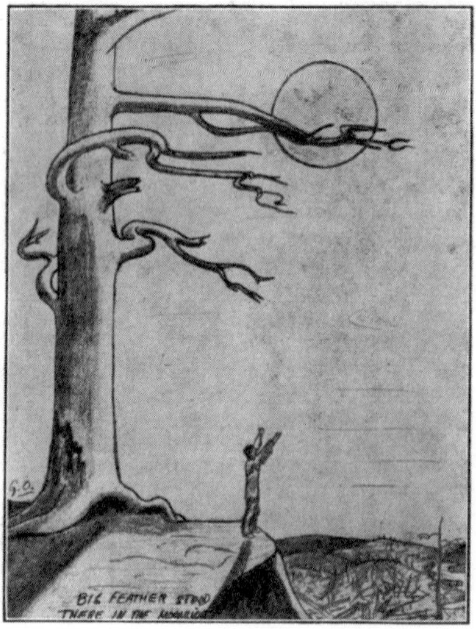

달빛 아래서 기도를 올리는 큰 깃털

바로 무역거래소를 찾은 선교사는 사무실에서 무역상과 한참 이야기를 나눴다. 곧이어 그는 '공지'라고 적힌 종이를 들고나와 건물 정문에 붙였다. 그날 그 시간에도 관광객들은 여전히 근처에 있다 몇몇이 공지가 붙는 걸 보았고 바로 모두 그 내용을 알게 되었다. 아주 중요한 안건으로 상점 뒤 언덕의 인디언 학교 건물에서 4시 모임을 알리는 내용이었다. 아주 작은 곳이라 소식이 빠르게 퍼졌고 다른 할 일도 없는지라 이 바빠 보이는 친구가 무슨 말을 할지 궁금해서 올 수 있는 사람은 모두 모였다.

실내가 좁아 일부는 밖에 서서 창문과 문밖으로 이야기를 들어야 했다. 모두 자리를 잡자 앞쪽 연단에 서 있던 노랑머리 청년이 이야기를 시작했다. 처음에는 작게 소곤대거나 기침을 하거나 신발 끄는 소리가 들렸지만, 청년이 말을 이어가자 곧 소음이 잦아들고 모두 아주 이야기에 집중했다. 청년은 사람들에게 한 이야기를 들려주었다. 그들이 기대했던 것과는 전혀 다른, 이전에는 한 번도 들어본 적 없는 종류의 이야기였다. 청년은 질문에 능숙한 것처럼 이야기도 능숙했다. 그는 인디언들의 하얀 형제였다. 실내는 아주 조용했고 청년의 음성 외에는 아무 소리도 들리지 않았다.

그가 들려준 이야기는 세이조와 샤피언의 이야기, 큰 꼬마와 작은 꼬마의 이야기였다.

그리고 마지막으로 이렇게 말했다.

"…왜냐하면 우리는 여전히 우리 형제들의 수호자이기 때문입니다. 그리고 아마도 당신과 나는 할 수 없었을 야생의 위험을 무릅쓴 이 아이들을 기억해야 합니다. 우리와 피부색이 다르고 우리와 언어가 다르고 우리와 다른 방식을 가졌지만 이 아이들은 당신과 나, 우리들의 책임입니다. 그들은 그저 인디언 꼬마 두 명이 아니라 아주 불행한 두 명의 아이들입니다. 그들의 생각이 옳지 않다고, 그들의 친구인 어린 동물들이 우리 인간과 아주 비슷하게 느끼지 않는다고 누가 장담하겠습니까? 돌아가시기 전, 문 오른쪽에 크고 빈 허드슨베이 차 통이 있습니다. 어떻습니까, 여러분?"

그가 말을 끝내자 실내에서는 작은 소란이 일었고 모두 동시에 뭔가를 말하고 싶은 듯했다. 숙녀들은 "얘기 들었어? 생각해봐. 그렇게 혼자서!", "너무 불쌍해. 그 끔찍한 불을 뚫고…"라고 했고, 신사들은 주머니에 손을 넣고 일어서서 큰 소리로 서로서로 이런 말들을 내뱉었다. “왜? 난 그냥 지나칠 수가 없군.”, “애들은 어디 있지? 우리가 뭔가를 해야 해.” 그리고 한 명이 물었다. “차 통이 어디 있다고 했지?”

사람들이 줄지어 문을 나서며 차 통 방향에서 경쾌한 딸랑 소리와 바스락대는 새 지폐와 헌 지폐 소리가 들렸다. 모두 1달러 지폐가 아니라 2달러, 5달러, 드물게는 10달러 지폐도 있었다. 게다가 더 돕고 싶은 청년들도 있었고, 이들은 휴가비에서 남는 것은 전부 통에 넣었다.

그리고 마지막으로 무역상이 나갔다. 그는 문 앞에서 조심스럽게 주위를 둘러보았고 한쪽 눈을 찡끗하며(그것도 차 통에서 더 먼 눈) 누가 볼까 겁이 나 재빨리 손을 뻗어 꼭꼭 접은 작은 지폐 뭉치를 통에 떨어뜨리고는 혼잣말로 중얼거렸다.

“음, 치카위? 칠라키? 치카리? 이름이 뭐든 간에 행운이 함께하기를!”

여전히 연단 위에 서 있던 이 갈색 청년은 질문과 대답, 이야기에 능숙할 뿐 아니라 시력 역시 뛰어났다. 그가 무역상을 보았다.

그날 오후 노랑머리가 아이들의 캠프를 찾았다. 샤

피언은 모인 돈을 보고 이 모두가 자신들을 위한 것이라고 믿을 수가 없었다. 심지어 다소 겁을 먹고 이렇게 물었다.

"내가 무엇을 해야 합니까? 그들은 내가 무엇을 하길 원합니까?"

"아무것도." 노랑머리가 대답했다. "일할 시간이 없습니다. 바로 가야 합니다. 그러지 않으면 당신의 어린 친구가 떠날지도 모릅니다. 너무 우울한 동물들은 죽기도 합니다. 기치 모코먼, 그들은 선물이라고 전해달라고 했습니다. 오래전 그들의 나라는 인디언들에게 아주 잔인했고 지금은 그들도 잘못이라는 걸 깨닫고 미안해하며 돕고 싶어 합니다. 그들은 훌륭하고 관대한 사람들입니다. 그들이 요구한 건 언젠가 당신이 곤경에 처한 이들을 만났을 때 가능하면 그들을 도와달라는 것뿐이었습니다."

"오! 그럴 겁니다. 그러겠습니다." 샤피언이 진심을 담아 말했다. "그들에게 제가 그러겠다고, 감사하다고 전해주세요." 아무리 힘든 상황에서도 결코 볼 수 없었던 그의 눈에 눈물이 어렸다. 돈뭉치가 조심스레 봉투에 담겼다. 세이조는 기쁨과 흥분을 감추지 못했고 말로 할 수 없는 다양한 감정이 담긴 크고 동그란 눈으로 이를 보고 있었다. 그녀는 돈에 대해서는 아무것도 몰랐지만 이제 그들과 칙아니를 가로막는 것은 아무것도 없다고 생각했다. 그녀는 기뻤고 조금도 놀라지 않았다. 그녀는 모든 것이 잘될 거라고, 백인이 생각만큼 나쁘지는 않다고 말해왔다. 자신의 꿈이 얼마나 진실한지 증명되었을 뿐이라고 생각했다.

노랑머리는 철도역 승무원에게 도시로 가는 표 두 장을 부탁하는 쪽지를 봉투에 동봉했다. 샤피언에게는 이것이 세상 돈의 전부인 것처럼 보였지만 기차 요금을 내고 나면 거의 남아 있지 않을 터였다. 관광객들은 관대했지만 아주 많은 이들은 그렇지 않았다. 그리고 선교사는 공원 소유주가 사정을 봐주지 않으면 샤피언이 남아 칙아니의 자유의 비용을 메꿔야 할지도 모른다고 속으로 생각했다. 어쨌든 지금 할 수 있는 일은 해보는 것이었다. 노랑머리는 자신이 속한 노동자 단체의 대표에게 아이들이 묵을 곳을 부탁하는 편지를 써서 샤피언에게 건넸다. 그리고 도시에 도착하자마자 경찰관에게 부탁해 그에게 봉투 주소를 보여주라고 했다. 선교사는 경찰관이 어떤 모습에 어떻게 입고 있는지를 세세히 설명하며 샤피언에게 발음 연습을 시켰지만, 그의 발음은 '경차관'에 가까웠다. 어느 정도 알아들을 듯했다. 그는 아이들에게 칙아니는 도시의 놀이공원 소유주에게 팔렸고 경찰이 거기로 데려다줄 거라고 말했다.

그리고 이제 샤피언은 아주 운이 좋으면 아버지가 돌아오시기 전까지 집에 돌아갈 수 있을 거라고 생각했다. 마을 주민들이 곧 돌아올 터였다. 그리고 규정을 조금 어겼지만, 결과가 좋으면 상황을 설명하기가 훨씬 더 쉬울 거라고 판단했다.

그들의 친구는 세이조가 배넉 만든 것은 물론 칠아위를 위한 포플러 먹이 꾸리미를 챙기는 것까지 도왔고, 그들이 돌아올 때까지 카누와 캠핑 도구를 맡아주겠다고 약속했다. 그리고 다음 날 배가 떠날 준비를 마치자 여기저기서 그들을 배웅하기 위해 모두 부두로 나왔다. 몇몇 미국 부인들은 '갈색 눈동자', '작은 모카신'이라 부르며 세이조를 예뻐했고, 그들 중 하나는 그녀에게 나비 부인이라는 이름을 붙였다. 남자들은 연신 샤피언과 악수를 하며 용감한 친구라고 치켜세웠고 그를 알게 되어 뿌듯하다고 말했다. 칠아위도 그들의 관심 대상이었다. 그는 별로 내키지 않아 티 나게 무례한 태도로 사람들에게 등을 돌리고 소소한 자기 할 일만 계속했다. 무역상은 마치 진심으로 이런 거래 자체가 불만인 것처럼 못마땅하게 주위를 둘러보았다. 그는 자신이 이 우스꽝스러운 일에 돈을 낸 걸 누구도 모르게 해야 한다고 작정하고 있었다.

세이조와 샤피언이 배에 오르자 마지막으로 선교사가(그는 사람들과 뚝 떨어져 무역상을 보며 이런저런 생각으로 웃고 있었다) 승선 계단으로 와 두 아이들과 악수를 하고 작은 비버의 코를 톡 치며 말했다.

"기치 미귄의 아이들이여, 행운을 빕니다. 아버지께는 제가 다 설명하겠습니다. 성공해서 네 명 모두 안전히 다시 집으로 돌아갈 수 있기를 바랍니다. 우리는 기다리고 있겠습니다."

바로 그날 세 대의 카누가 세이조, 샤피언, 칠아위가 필사적인 모험을 했던 타버린 선착장으로 들어왔다. 카누들은 엄청난 속도로 달려왔다. 카누 안에는 벌거벗은 상체에 긴 머리를 정수리에서 꼬아 묶은 인디언들이 타고 있었다. 조용하고 어두워 보이는 남자들이었고 열심히 노를 젓는 맨 어깨가 땀으로 번들거렸다. 햇빛에 반짝이는 갈색 육체를 굽혀 좌우로 빠르게 노를 저어 카누를 선착장에 댔다. 첫 번째 카누가 땅에 닿기도 전에 한 남자가 강변으로 뛰어내렸다. 큰 깃털이었다. 원정대가 마을로 돌아왔을 때 큰 깃털은 자신의 오두막이 텅 비어 있는 것을 발견했다!

강가에 무릎을 꿇은 그는 이미 식은 모닥불 흔적을 파서 카누 뱃머리 자국인 뾰족한 V자를 발견했다. 그리고 반쯤 지워진 작은 모카신 자국을 보았다. 그는 벌떡 일어나 소리쳤다.

"여기를 지나갔습니다. 빨리! 도끼로 선착장을 치웁시다. 제가 흔적을 찾겠습니다." 그가 백발에 주름지고 현명해 보이는 노인 앞에 서서 말했다.

"기다려라, 내 아들아. 내 오래된 눈에 많은 것이 보이는구나. 너는 남아서 잠깐 쉬어라. 내가 먼저 오솔길을 따라가겠다. 아마도 내게 보일 것이다."

기치 미귄은 족장의 말에 고개를 숙이고 인내심을 갖고 기다렸다. 오솔길에는 검게 그을려 뒤틀어진 나무들이 엇갈려 사방으로 높이 쌓여 있었다. 남자들은 카누의 진로를 뚫기 위해 쓰러진 목재들을 맹렬히 절단

했다. 기치 미권은 쉬고 있을 수 없어 열심히 다른 이들을 위한 음식을 준비했다. 시간을 아끼기 위해서였다.

노인은 선착장을 가로지르며 불의 잔해 속에서 아주 신중하게 어떤 흔적이나 아이들의 발자국을 추적했다. 당연히 그는 작은 시신이 아니라 땅에 쓰러진 통나무를 찾았다. 이를 옆으로 들어 옮기고 그 밑에 어떤 흔적이나 신호가 있는지 아주 자세히 들여다보았다. 불이 너무 빨리 움직여 반밖에 태우지 못하고 쓰러뜨린 목재 아래서 칠아위 바구니 뚜껑을 찾았다. 또 끝 쪽에서 카누가 강가로 거칠게 밀려올 때 생긴 부드러운 토양이 깊이 파인 흔적을 발견했다. 왜? 다른 길로 가면서, 스스로에게 물었다. 그리고 카누 두 척 길이만큼 물 쪽으로 잠긴 반쯤 탄 거대한 나무를 날카롭게 샅샅이 훑어보면서 자신에게 들려주는 이야기를 읽었다. 그는 매우 지혜로운 노인이었고 한때는 전사였고 우리가 책을 읽는 것처럼 야생을 읽을 수 있는 사람이었다. 그래서 그는 사람들에게 '니갠익아보Ne-Ganik-Abo', '앞에 선 사람', '먼저 선 사람'으로 불리웠다.

그가 선착장을 가로질러 돌아와 불행한 아버지에게 더는 슬퍼할 필요가 없다고 말했다. 모여든 인디언들 사이에 서서 긴 백발을 펄럭이며 까무잡잡하고 강인한 얼굴로 자신이 찾은 것을 말해주었다. 아이들이 붉은 적으로부터 탈출했다고 그는 확신했다. 긁히고 그을린 바구니 뚜껑을 손으로 꼭 쥐고 있던 기치 미귄은 그가 맞기를 바랄 뿐이었다.

그날 밤, 캠프가 쳐지고 어둠이 내린 후에 큰 깃털은 황야의 대지 위에 우뚝 서 있는 거대하고 벌거벗은 바위 언덕을 올랐다. 그의 아래로는 파괴되고 폐허가 된 숲이 사방으로 펼쳐져 있었고 그의 얼굴에는 짙은 슬픔의 그림자가 덮여 있었다. 그는 하늘을 향해 팔을 들고 야생의 땅의 위대한 영혼에게 소리 내어 기도를 올렸다.

"오웨이O-way! 오웨이! 마니투Manitou, 모든 숲의 생명을 돌보는 영혼이시여, 나의 어린 것들을 위험에서 지켜주십시오. 나의 아이들이 안전하게 지켜주십시오."

"그들이 사라졌기에 이 불타서 황폐한 황야의 재처럼 내 시간은 발아래 죽은 채 누워 있습니다."

"태양은 더 이상 빛나지 않고 새들은 노래하지 않습니다. 들리는 것은 세이조의 웃음소리뿐이고 보이는 것은 불타는 숲을 마주한 용맹한 샤피언의 얼굴뿐입니다."

"마니투, 제가 잘못했습니다. 모든 것은 제 잘못입니다. 세이조의 마음을 슬프게 한 것도 저이고 세이조의 웃는 얼굴에 그늘을 드리운 것도 저입니다."

"오 기치 마니투, 그들을 안전하게 오피피소웨이, 말하는 물의 땅으로 돌려보내 주십시오. 우리 부족의 위대한 영혼이시여, 나의 아이들을 안전하게 지켜주십시오."

"오웨이솜O-way-soam! 오웨이!"

그의 목소리가 텅 비어 침묵하는 불탄 대지를 가로질러 울려 퍼지는 동안 그의 뒤에서 백발의 늙은 족장이 달빛 아래 앉아 주름진 얼굴과 지혜 가득한 눈으로 천천히 부드럽게 색색의 북을 두드렸다.

한편 걱정 가득한 아버지가 까맣게 모르고 있는 동안 세이조와 샤피언은 말하는 물의 땅에서 점점 더 멀리 어둠을 뚫고 먼 도시를 향해 질주하고 있었다. 그들을 싣고 가는 열차 바퀴가 속도를 내고 있었다.

13 어린 죄수

THE
LITTLE PRISONER

CHAPTER THIRTEEN

죄도 없는 칙아니가 철과 콘크리트 감옥 안에서 남은 생을 보내게 되었다.

한편 칙아니는,

무역상이 칙아니와 함께 기치 미권의 야영지를 떠난 날로 돌아가 보자. 그가 친구들의 삶에서 영원히 떠난 것 같았던 바로 그날로.

무역상이 오지브웨이족 카누 사공과 래빗 포티지로 돌아오는 사오일의 여정 동안 칙아니는 그렇게 최악의 상태는 아니었다. 인디언 하나가 물과 음식을 제때 제공하며 그를 잘 돌봤다. 하지만 그는 왜 칠아위가 옆에 있지 않은지 이해하지 못했고 세이조와 샤피언이 어디로 사라졌는지 의문이었다. 그리고 그들 모두가 그리워 세이조를 부르며 종종 울기도 했다. 어린 비버가 부르면 항상 달려오던 그녀였다. 그러나 낯선 인디언을 제외하고는 아무도 오지 않았고 그는 물을 갈아주고 음식을 줄 뿐이었다. 이 남자는 무역상의 지시를 받고 칙아니와 함께 증기선에 동행했다. 무사히 철도역에 도착하자 그는 떠났다. 비용을 받고 난 이후에는 칙아니에게 무슨 일이 있든 크게 상관하지 않았다.

이제 이동이 멈추자 칙아니는 다시 집으로 돌아가야 한다는 생각에 자유를 얻기 위해 크게 울부짖었고 그의 놀이 친구들이 와서 이 답답하고 불편한 상자에서 꺼내 주기를 기다렸다. 하지만 아무도 오지 않았다. 그가 상자를 물어뜯기 시작하자 낯설고 사나운 음성들이 그에게 고함을 질렀다. 칙아니는 감옥 벽을 기어오르려 했지만, 너무 높았다. 그러자 낯선 음성들은 그를 조용히 시키려고 소리치며 상자를 쾅쾅 쳐댔다. 이제 완전히 겁에 질린 칙아니는 가만히 누워 구슬프게 낑낑댔다. 어디, 오 세이조는 어디에 있을까? 조금이라도 힘들 때면 그를 위로해주었던 세이조, 이제 누구의 품에서 그런 행복을 찾을 수 있을까? 한 시간도 떨어져 있어 본 적이 없는 칠아위는 어디에 있을까?

곧이어 그는 몇 시간을 천둥 치듯 포효하는 기차에 실려갔다. 기차가 출발할 때 귀를 닫는 것을* 잊어버려 소음이 그를 거의 미치게 했고 공포심에 탈출하려고 작은 물그릇으로 뛰어들었다 그릇을 엎었다. 그래서 다른 괴로움에 더해 갈증까지 겪어야 했다. 집에서 너무 급히 잡혀오는 바람에 세이조가 배넉이라도 하나 챙겨줄 시간도 없었다. 이제 며칠이나 상자에 그를 가둬놓고 아무도 먹을 걸 줄 생각도 하지 않았다. 너무 아프

* 비버는 물과 불쾌한 소음을 막기 위해 주머니 같은 귀를 열고 닫을 수 있다.

고, 배고프고, 외롭고, 두려움에 떨던 그는 필사적으로 상자에서 탈출하려 했다. 평소라면 빠르게 성공할 수 있었겠지만, 못이 쳐져 있어서 네 개의 절단 이빨 중 하나가 부러졌다. 상자를 계속 갉기엔 너무 아팠다. 거의 해진 잠자리 풀도 더러웠다. 기차가 흔들리면 딱딱한 상자 벽에 쿵 부딪혀 온몸에 멍이 들고 욱신거렸다. 감옥 벽에서 떨어져 중앙에 있으려 열심히 노력했지만 그렇게 되지 않았다. 친절을 베풀려던 기차 승무원 하나가 자신의 점심 빵 부스러기를 던져주려다 어린 비버가 자신의 손으로 미친 듯이 이를 움켜쥐자 성질이 나빠서라고 판단했다(그가 도움이 절실하다는 걸 알지 못하는 이들에게 그는 야생 동물일 뿐이었다). 그 후에는 그를 무서워하며, 그렇게 작은 생명을 무서워하다니!, 아무도 더는 잠자리나 음식을 챙기지 않았다. 그리고 물그릇조차 같은 이유로 비어 있었다.

그는 소리 높여 비참하게 울었고 이제는 전혀 그의 음성을 들을 수 없는 자신의 작은 동료들을 부르고 또 불렀다. 그에게 닥친 이 큰 시련에서 구해달라고 아이 같은 음성으로 구슬프게 울었다. 그러나 아무도 관심을 두지 않았고 설사 들었더라도 기차 굉음에 그의 미약한 울부짖음은 묻혀버렸다.

그렇게 한참을 섰다 갔다 섰다 갔다, 그를 딱딱한 감옥 벽 이쪽에서 저쪽으로 거칠게 흔들고 난폭하게 내던지던 배달 차량이 갑자기 조용해졌다. 못이 뽑히는 섬뜩한 소리와 함께 상자 뚜껑의 경첩이 뜯겨나갔다. 그리고 손 하나가 그의 꼬리를 꽉 쥐고 들어 올렸다. 크고 강한 손이지만 왠지 살짝 부드러운 느낌이었다. 다른 손 하나가 고개를 숙인 그의 가슴을 받치고 똑바로 끌어올렸다. 그리고 손가락으로 뜨겁고 지친 작은 발톱을 부드럽게 문질러주며 낮은 음성으로 부드러운 말을 건넸다. 그러자 칙아니는 갑자기 다소 편안해졌다. 이 남자는 동물 사육사이자 칙아니가 머물 공원의 직원이었다. 그는 자신의 업무에 아주 능숙했다. 어린 포로를 검사해 이 작은 생명이 얼마나 비참하고 더럽고 먼지투성이가 되었는지를 보고, 비버가 얼마나 자신의 털가죽을 자랑스러워하고 아끼는데!, 배달원(불쌍한 친구였고 전혀 그의 탓이 아니었다)에게 화가 나 말했다.

"물도 없고, 먹을 것도 없고, 발도 마르고, 꼬리와 코도 마르고, 이빨도 모두 부러졌습니다. 이보다 끔찍할 수도 없군요. 비버를 운반하는 방법이 있습니다. 당신을 바꿔야겠군요. 어르신!" 그는 칙아니에 관한 편지를 받아 모든 준비를 마치고 꼬마 손님을 기다리고 있었다. 곧 칙아니는 돌처럼 친근하진 않지만 돌 비슷한 것으로 만들어진 우리에 갇혀 쇠창살에 둘러싸이게 되었다.

그리고 조금도 죄가 없는 칙아니가 이 철과 콘크리트 감옥 안에서 남은 생을 보내게 되었다.

순하고 사랑스러운 칙아니는 이제 위험한 야생 동물로 취급받았다!

아주 넓은 곳은 아니었지만, 그의 짧은 생 대부분을 보냈던 자유로운 호수가 아닌 그저 우리였지만 잠시라면 상관없었다. 그는 물 냄새를 맡았다! 그리고 그의 앞에 깊고 맑은 웅덩이가 보였다. 확실히 크지는 않았지만 어쨌든 물이었다. 그는 바로 몸을 던져 게걸스럽게 물을 마시고 물 위를 떠다녔다. 그가 느리게 앞뒤로 헤엄치는 동안 갈라지고 말라버린 꼬리와 발에 생명의 습기가 스며들고 오물 덩어리들이 풀려 씻겨 내려갔다. 사흘이 넘게 소음과 굶주림, 오물과 극심한 고통 뒤의 이곳은 그것만으로도 비버의 천국인 듯했고 붓고 멍든 부위의 통증도 사그라들었다. 차가운 물이 천천히 그를 회복시켰다.

그리고 이제, 그는 이것이 바로 잠수 통로라고 생각했다. 저 밑 어딘가 입구가 있고 거기를 통과해서 나가면 틀림없이 고향 호수에 닿을 것이다. 그러면 거기 호숫가에서 자신의 놀이 친구들을 찾을 수 있을 것이다. 찰아위가 달려와 그를 반기며 기뻐서 복슬복슬한 등으로 구르고 세이조는 다가와 그를 안아 들고 요란스레 반기며 귀에 속삭이고 턱밑의 재미난 부분을 간지럽혀 줄 것이다. 그러면 이 모든 힘든 시간도 잊힐 것이다.

그래서 그는 있는 힘을 다해 똑바로 아래로 뛰어들었고 웅덩이의 단단한 바닥에 머리를 부딪고 거의 기절할 뻔했다. 그는 다시 시도했고 결과는 같았다. 어딘가에서 나와야 하는 통로로 이어진 길을 생각하며 닥치는 대로 콘크리트를 긁고 물어뜯었다. 그러나 발톱에 금이 가 쪼개지고 남은 이빨에서 작은 조각들이 부서져 나왔다. 그러자 웅덩이에서 기어 나와 철장 사이를 비집고 나가려 했지만, 너무 좁았다. 철장을 갉아내려 했으나 부러진 이빨에 긁히지도 않았다. 그래서 그는 울타리 안을 빙글빙글 돌면서 여기저기 땅을 팠지만 헛된 짓이었다. 그는 한참을 다시 웅덩이로 돌아갔다 다시 철장을 이로 갉았다 땅을 팠다가 그렇게 노력했지만 아무 소용이 없었다. 결국 어디에도 입구도 잠수 통로도 탈출구도 없다는 것을 깨달았다. 지치고 비참하고 절망한 그는 우리의 딱딱하고 뜨거운 바닥에 털썩 누워 신음했다. 외로울 때마다 잠든 그를 세이조가 돌보아 주었을 때처럼 그는 신음했다. 그때는 기뻐서였고 지금은 괴로워서였다. 그의 작은 발은 칠아위의 보드랍고 매끄러운 털이 간절히 그리웠다. 그리고 이제 세이조도 칠아위도 없이 감옥에는 불행한 작은 꼬마만 있을 뿐이었다. 완전히 혼자였다.

사육사는 한참을 서서 지켜보다 고개를 저으며 말했다. "안됐구나, 꼬마야. 정말 안됐어." 보내온 야생 동물을 길들이는 것이 때론 그의 일이었다. 그러나 그 자신도 동물을 좋아했기 때문에 때로는 그 일이 싫었다. 그에게 그들은 야생의 존재가 아니라 절망적이고 불행한, 말을 할 수 없는 어린 인간처럼 보이기도 했고 직접 부탁할 수 없는 친절이 필요한 불쌍한 존재였다. 그리고 더 크고 강하고, 그들보다 많은 것을 알고 있는 인간이 가능하다면 친절하게 그들을 도와야 한다고 항상 느껴왔다. 그리고 그는 자유를 얻기 위해 이렇게 가망 없는 몸부림 중인 어린 비버가 가여웠다. 그는 전에도 비버를 보살펴 본 적이 있기에 그들의 순한 성질을 알고 있었다. 우리 안으로 들어간 그가 칙아니를 능숙하면서도 조심스럽게 들어 올렸다. 우선 칙아니는 겁을 먹거나 흥분하지 않았을 뿐 아니라 그의 손안에서 사실 편안해했다. 그의 손이 콘크리트보다 훨씬 더 친근했다.

사육사는 칙아니를 공원 안에 있는 가까운 자신의 사택으로 데려갔다. 그는 아이가 셋이었는데 아이들은 아버지가 데려온 새끼 비버를 보자 우르르 모였고 신나서 환호하며 손뼉을 쳤다. 다시 겁을 먹은 칙아니는 남자의 외투 안으로 파고들었다. 이미 칙아니는 그를 신뢰하고 있었다. 그들의 아버지는 아이들을 조용히 시키고 바닥에 작은 생명체를 내려놓았다. 칙아니는 다시 실내 안에 있는 걸 알았고 우리보다는 조금 더 집같이 느껴졌다. 사육사 식구들 모두 칙아니를 보고 있었다. 사육사의 아내가 말했다.

"쥐새끼 같아. 얼마나 말랐는지 봐, 조이." 그리고 아이 하나에게 "사과를 가져와. 이전에 다른 비버들은 사과라면 환장했어."

조이는 즉시 사과를 하나 가져와 칙아니 앞의 바닥에 내려놓았다. 그는 이전에 사과를 본 적이 없었지만 코를 킁킁거렸다. 오! 정말 멋진 냄새였다. 비참하게 부러진 작은 이빨로 최선을 다해 사과를 갉았다. 그 맛이란! 세상에서 가장 맛있었다! 두 손으로 이 놀라운 음식을 움켜잡고 거의 반을 먹어치웠다. 사육사는 아주 기뻐했다. 그의 죄수 몇은 음식을 거부하고 죽었기 때문이다. 이제 이 놈은 회복될 것 같았다. 어쩐지 아주 확신은 없었다. 칙아니가 작은 사람처럼 앉아서 먹는 것을 보고 아이들은 기뻐서 웃었다. 그리고 사육사의 아내가 소리쳤다.

"거봐, 내가 뭐랬어? 바로 괜찮아질 거야."

남자가 이번에는 그를 위해 신선하고 즙이 많은 포플러 잎이 달린 가지를 가져왔다. 그를 위해 우리 안에 놓아두었지만, 그는 건드리지도 않았다. 하지만 이제 그것을 먹었고 아이들은 그가 먹는 동안 작은 잎사귀 뭉치를 손으로 잡고 있는 것을 보고 신기해했다. 이제 훨씬 나아진 듯 보였고 먹으면서 작게 맛있는 듯한 소리를 냈다. 아이들은 더 놀라워했고 금발에 장밋빛 둥근 얼굴을 가진 작은 소녀가 말했다.

"들어봐요. 얘가 말하는 걸 들어봐요. 꼭 작은 아기 같아. 아! 아빠, 얘를 부엌에 두면 안 돼요?" 그들 어머니도 소리를 높였다. "그래요, 알렉. 애를 잠시 여기 두자고요. 공원에 아무도 없어서 아이를 감옥에 보내는 것 같아요." 알렉이 대답했다. "당신 말이 맞겠지. 오늘 밤은 여기다 자리를 마련해주자."

그들은 부엌에 우리의 칙아니를 위한 자리를 마련했고 사육사 알렉은 낮고 넓은 물 대야를 바닥에 고정하고 그 옆에 그를 위한 잠자리로 깨끗한 지푸라기를 잔뜩 넣은 상자를 두었다. 거기서 어린 비버는 아마도 행복하지는 않았겠지만 아주 편안하게 밤을 보냈다.

다음 날 아침 알렉은 공원을 찾은 관람객들이 볼 수 있게 우리로 그를 돌려보냈다. 하지만 저녁이 되어 공원이 비면 다시 사택으로 데려왔다. 이렇게 그는 매일매일 '일하지' 않을 때면 사육사의 사택에서 시간을 보내며 부엌에 잠자리와 커다란 물 대야를 갖추고 거기서 작은 가지와 잎들을 먹었다. 매일 맛있고 즙이 많은 사과를 먹었고, 그것이 완전히는 아니더라도 그의 괴로움을 많이 달래주었다. 하지만 살아 있는 한 그리움은 절대 사라지지 않을 것이었다.* 매일 아침 그가 낮 업무를

* 비버는 아마도 북아메리카 동물 중에 가장 오래 기억을 간직하고 있는 동물 중 하나로 코끼리와 아주 비슷하다.

위해 우리로 이동한 뒤 치워야 할 것들, 껍질 벗겨진 나뭇가지, 절단된 줄기, 떨어진 나뭇잎들이 잔뜩 쌓이고 바닥은 물로 흥건했지만 아이들은 기꺼이 나서 청소했다. 아무도 그런 작은 문제는 신경 쓰지 않는 것처럼 보였다.

그는 가족들과 아주 잘 지냈고 자신만의 소소한 방식으로 그 가족의 소중한 일부가 되었다.

시간이 지나며 모두를 알게 되었고 아이들과도 마지못해 장난치며 어울렸다. 아이들에게 그는 재주를 가진 착한 장난감이었고 아주 멋진 크리스마스트리에 걸린 털 난 장난꾸러기 강아지 같았다. 하지만 칙아니에겐 오피피소웨이와 절대 같을 수 없었다. 때로는 놀고 싶지도 않고 자신의 오랜 놀이 친구를 그리는 마음으로 작은 가슴이 뻥 뚫린 듯해 상자에 조용히 누워 있기도 했다.

얼마 되지 않아 이빨이 자랐고 칙아니는 많은 시간을 이를 번갈아 뾰족하게 다듬으며 보냈다.

동시에 이를 딱딱거리며 엄청나게 갈아댔다.* 엉키고

* 호저, 사향쥐 그리고 다른 설치류들처럼 비버 이빨은 계속 자라서 끊임없이 이빨을 갈고 다듬는다.

꼬여 한동안 비참하게 방치되었던 털들도 이제 매일 빗겨지고 손질되었다. 한동안 뼈가 든 자루에 지나지 않았던 작은 몸뚱이에도 곧 다시 살이 올랐다. 이제 다시 예전의 칙아니처럼 보였다. 어떤 면에선 행복했지만, 결코 아주 행복하지는 않았다.

우리에 있는 동안 그는 정말 비참했고 사육사도 이를 알았다. 사육사는 매일 아침 꼬마 친구를 거기에 넣을 때마다 기분이 나빴다. 그가 우리를 나올 때마다 이 불쌍한 작은 생명체는 이전에 회색 곰을 가두었던 철장에 둘러싸여 혼자 맨 시멘트 바닥에 앉아 사육사를 간절히 보고 있었다. 그는 비버가 20년 이상을 살 수 있다는 것을 기억했다. 철과 콘크리트 감옥에서 20년이라니! 20년 안에 자신의 아이들은 어른이 되어 여기를 떠날 것이다. 자신도 떠날지 모른다. 마을은 거대한 도시가 될 것이고(물론 아주 대도시는 아니겠지만) 사람들은 오갈 것이다. 자유로운 사람들, 행복한 사람들 그리고 이 모두를, 아무에게도 해를 끼치지 않았고 누군가 친절히 대해주길 원했을 뿐인 이 불행한 어린 짐승이 20년이란 긴 시간 동안 외롭게, 마치 난폭한 범죄자라도 된 양 비참한 우리의 창살 너머로 내다보고 있을 것이었다. 그리고 결코 얻을 수 없는 자유를 기다리다 죽어 갈 것이다.

비버를 본 적이 있는지 전혀 신경도 쓰지 않는 몇몇 생각 없는 사람들이 일이 분쯤 이 비참한 죄수를 쳐다보다 떠나면 그를 본 것도 잊어버릴 거라고 사육사는 별 근거 없는 생각들을 떠올렸다. 이 따듯한 남자에게 이는 왠지 공정해 보이지 않았고, 이 어린 생명이 아이들과 함께 장난치며 우스꽝스럽게 굴러다니는 것을 보며 자신이 그를 위해 뭔가 할 수 있기를 간절히 바랐다. 그는 어린 죄수를 최대한 행복하게 해주고, 최대한 길게 사택에서 자유롭게 해주기로 결심했다.

하지만 칙아니는 완전히 포기하지 않았다. 아무리 시간이 흘러도 절대 잃어버릴 수 없는 한 가지 희망을 가지고 있었다. 어떤 신비한 방식으로든 칠아위가 그와 함께하러 올 것이라고 굳게 믿고 있었다. 예전에도 그가 어디서 무얼 하든 오래지 않아 칠아위가 그를 찾아 나타났기 때문이었다. 매번 울타리를 두른 나무 오두막을 들여다보고 아래층 방을 끈질기게 수색해 신중하게 그를 찾아내곤 했다. 때때로 밖을 뛰어다니며 숲을 샅샅이 뒤지기도 했다. 그래서 언젠가 칠아위가 자신을 찾아낼 것을 굳게 확신하고 있었다. 하지만 하루하루 실망하며 한 달여가 지나자 그는 용기를 잃기 시작했고 마침내 실패로 끝난 수색을 포기했다.

그리고 수백 킬로 떨어진 곳에서 칠아위도 똑같은 일을 하고 있었고 아무 소득이 없었다.

가장 최악의 일이자 가장 소중한 희망에 가까운 어떤 일이 일어나며 칙아니는 이 문제를 극복하기 시작했다. 어느 날 화사한 두건을 쓴 인디언 여자가 우리 옆을 지나갔다. 그녀를 보자마자 칙아니는 거칠게 철창으로 달려들었고 그녀가 그냥 지나칠까 봐 움켜쥔 발을 창살 너머로 뻗으며 날카로운 울음을 터트렸다. 여자가 멈춰서 그에게 말을 걸었고 그녀의 말은 인디언의 땅, 자신의 집에서 들었던 것과 똑같았다. 하지만 음성은 달랐다. 그녀의 얼굴을 보고 그녀의 체취를 맡고서야 몸을 돌려 다시 초라한 나무 막사로 터덜터덜 돌아갔다. 이제까지 본 중에 가장 낙담하고 풀 죽은 모습이었다.

칙아니는 그녀가 세이조라고 생각했다.

하지만 이 경험은 그를 자극하고 새로운 희망을 주었다. 그는 언젠가 세이조가 올 거라는 생각에 매달렸다. 그때부터 그는 그녀를 찾았다. 오후에 한 무리의 사람들이 공원을 방문했고 그들 대부분은 비버가 어떤지 보기 위해 그의 우리 앞에 멈췄다. 하지만 그의 '고객들'은 오래 머물지 않고 바로 지나갔다. 그들 대부분은 그를 평평한 꼬리를 가진 작고 지저분한 강아지쯤으로 여겼다. 어떤 이들은 무심하게 쳐다보았고 또 어떤 이들은 호기심에 막대기로 찔러대며 거칠게 굴었고 그의 기준에서는 위협적인 소리도 냈다. 드물게 아주 드물게 한둘쯤은 그를 가엾게 여겨 땅콩이나 사탕을 주었지만, 그 누구도 세이조는 아니었다. 하지만 그는 계속 희망을 버리지 않고 모든 얼굴들을 자세히 살펴보고 가까이 갈 수 있는 모든 손의 냄새를 맡았다. 그가 찾는 얼굴은 전혀 보이지 않았고 그렇게 사랑하는 작은 손의 체취도 느낄 수 없었다. 그러나 언제가 또렷하게 기억하는 음성으로 "칙아니!"라고 소리쳐 부를 것을 확신했다. 그의 작은 몸을 흥분시켰던 작은 갈색 손으로 그를 다시 안아 올리면, 오! 따듯하고 부드러운 목의 특정 부위에 그의 코를 대고 잠시 숨결을 느끼다 잠이 들어 다 잊어버릴 것이다.

한 번에 몇 시간씩 이런 식으로 그는 지켜보고, 기다리고, 희망하며 보냈다. 그리고 시간이 지나 부엌의 초라한 짚 더미에 누워 있자니 그 행복한 시절이 아주 오래전처럼 희미하고 가물가물하게 느껴졌다. 칠아위와 그가 자신들만의 것으로 공유했던 것들, 엉성하고 작은 비버 오두막, 그들이 그렇게 용감하게 함께 만들었던 모든 다른 장치들을 생각했다. 그리고 마침내 모든 의욕을 잃은 그는 자기 안에 처박혔다. 부엌에서 즐거워야 할 때도 더는 아이들과 놀지 않았다. 털 손질도 그만두어 털이 뭉치고 덥수룩해졌다. 그리고 음식도 거부하기 시작했다. 작은 머리를 축 늘어뜨리고 눈을 감고 무겁고 가쁘게 숨을 내뱉으며 사과를 만지지도 않고 앉아 있었다.

슬프게 그를 바라보던 사육시는 더는 20년이나 걱정할 필요가 없다는 걸 알았다. 아니 몇 년조차도.

칙아니는 살지 못할 것이다.

그 작은 뇌는 그리움으로 뜨겁게 열이 났다. 때로는 바로 앞에서 오래된 옛 친구들이 거의 보일 듯했고 그들을 그리며 잠이 들었고 그들의 꿈을 꾸었다. 우리가 아는 것처럼 동물들도 꿈을 꾸고 종종 악몽에서 반쯤은 겁에 질려 깨어난다. 당신이나 나처럼 가끔 그들이 내는 소리를 듣고 아주 즐거운 꿈을 꾸고 있다는 것도 알 수 있다.

어느 날 저녁 다시 한번 그들과 함께 고향 집에 있다고 생각될 정도로 생생한 꿈을 꾸고 깨어나 그들을 찾아 부엌을 낑낑거리고 뛰어다녔다. 하지만 그들을 찾지 못했다. 아주 외롭고 비통한 심정으로 칙아니는 울고 또 울고 크게 흐느끼며 울었다.

우는 그의 음성은 부모를 잃어버린 작은 아이의 음성 같았다.

2킬로도 채 떨어지지 않은 또 다른 비슷한 방에 또 다른 비슷한 작은 비버가 있다는 것을 그는 알지 못했다. 그리고 그와 함께 아침을 기다리며 너무 신나서 잠도 오지 않는 두 명의 작은 인디언이 있었다. 화살처럼 위엄 있게 똑바로 서 있는 소년과 화사한 색의 머리 두건을 쓴 소녀.

그리고 방 한구석에는 아주 낡고 너무 친숙한 자작나무 껍질 바구니가 놓여 있었다.

그렇다. 세이조와 샤피언이 드디어 도착했다.

14 패트릭 경관

CHAPTER FOURTEEN

PATRICK THE POLICEMAN

"오, 그럼 그건 머리 가죽인가요?" 경관이 말했다.

세이조, 샤피언, 그리고 그들의 작은 동료 여행자 칠아위를 실은 기차가 수많은 역을 지나 마지막 역인 도시에 정차했을 때 아이들은 내리지도 못할 만큼 겁을 먹었다. 운행 내내 그들을 주시했던 승무원이 하차를 도우며 몇 마디 격려의 말을 건네고 다른 임무 때문에 그들을 남기고 떠났다.

그들은 소음의 세계에 남겨졌다. 바쁘게 움직이는 군중, 증기가 뿜어내는 굉음, 기관차의 기적 소리, 출발하고 정지할 때의 날카로운 끼익 소리와 포효하는 소리에 귀가 먹먹했고 무서웠다. 그들은 어느 방향으로 가야 할지 몰라 플랫폼에 손을 잡고 서 있었다. 움직일 엄두가 나지 않았다. 앞, 뒤, 사방에서 끊임없는 소음과 끔찍한 소란이 몰려왔다. 갖가지 짐을 실은 화물 차량들이 덜컹거리다 그중 하나가 그들을 향해 곧장 달려왔다. 샤피언이 간발의 차이로 동생을 끌어당겨 마차에 치이는 걸 피했다. 기차역은 무시무시한 광경과 소리가 울려대는 거대한 동굴 같았고 자신들이 이렇게 작고 무방비한 존재라고 느낀 적은 처음이었다. 고요하고 평화로운 나무와 숲의 침묵 속에서보다 이 많은 사람들 사이에서 더 외롭다고 느꼈다. 종종 호기심 어린 눈빛을 던지기도 했지만, 모두 아주 바쁘게 지나치며 그들에게 관심도 두지 않았다.

그렇게 그들은 귀청을 때리는 모든 소음 속에 서 있었다. 기치 미권이 옐로버치강에 떠 있는 두 연약한 비버를 발견했을 때처럼 고요한 땅에서 온 두 작은 인간은 겁을 먹고 당황했으며 거의 무력했다. 그러나 세이조는 이 두려움 속에서도 오직 한 가지 생각뿐이었다. 칙아니 혼자 이 모든 것을 겪었다! 샤피언이 다시 산불로 돌아가는 게 낫겠다는 생각을 하는 동안 우리의 사랑스런 칠아위는 주머니처럼 두 개의 검고 작은 귀를 닫고 바구니 구석에 딱 붙어 꼼짝도 하지 않고 누워 있었다.

그들 느낌으론 한 시간쯤 거기 서 있었다(사실은 몇 분밖에 되지 않았지만). 샤피언은 군중이 빠르게 돌진하는 강물처럼 거대한 문 쪽으로 빠져나가며 어떤 흐름을 만든다고 생각하고 있었다. 그때 어린 소년이 그들 앞에 멈췄다. 샤피언 나이에 반짝이는 단추가 달린 단정하고 빨간 제복을 입고 있었다. 그의 머리 옆에는 다른 어떤 것보다 작고, 둥근 상자처럼 보이는 모자가 있었다.

"안녕, 얘들아." 그가 명랑하게 말을 걸었다. "길을 잃었어? 누구를 찾고 있니?"

불쌍한 샤피언은 이전에는 급사를 본 적도 없었고 이 자신감 넘치고 당당해 보이는 인물과 마주하자 알고 있던 영어 단어를 완전히 잊어버렸다. 오직 한 단어만 기억이 났다. 그래서 그는 그것을 말했다.

"경차관." 그가 초조하게 말을 더듬었다.

"경찰을 찾는다고?"라고 급사는 말했다. 똑똑한 소년이었고 바로 요점을 알아들었다. "알았어. 나랑 같이 가자." 그들에게 손짓하며 반짝이는 부츠 굽으로 딱딱한 플랫폼 바닥을 요란하게 울리며 성큼성큼 걷기 시작했다. 그와 보조를 맞추려 거의 종종걸음으로 달리다시피 했지만, 모카신을 신은 두 어린 인디언은 그의 뒤를 조용히 미끄러지듯 따라갔다. 샤피언은 한 손에는 칠아위의 바구니를 들고 다른 손으로 여동생을 꼭 붙들고 있었다. 기묘하게 보이는 행렬이었을 것이다. 안내인은 그들을 이끌고 군중 사이를 헤치고 출구를 지나 더 많은 사람으로 가득한 커다란 홀로 내려갔다(세상 사람들이 거의 다 모여 있는 것 같다고 샤피언은 생각했다). 그는 그들을 제일 끝 쪽 문 옆에 서 있는 크고 건장한 남자한테 데려갔다. 그도 외투에 여러 개의 반짝이는 단추를 달고 있었다.

"저기요, 패트." 급사가 그를 불렀다. "이 두 아이가 경찰을 찾는데요." 그리고 그들을 앞으로 밀며 걱정될 정도로 살짝 무례하게 말을 이었다. "당신을 찾기는 어렵지 않죠. 아주 크니까요. 인디언 같아요. 머리 가죽을 조심하는 게 좋을 거예요!" 그는 경찰관에게 넉살 좋게 웃고는 아이들을 향해 눈을 찡긋했다. 그리고 군중 속으로 사라졌다.

"와!" 경찰관이 크게 감탄사를 내뱉고는 뒷짐을 지고 두 아이를 내려다보았다. "오, 그럼 그건 머리 가죽인가요?" 그가 아이들을 죄수 다루듯 매섭게 노려보며 말했다. 하지만 눈빛이 기묘하게 반짝이고 눈꼬리는 유쾌하게 접혔다. "꼬마 인디언 그렇지? 작은 친구들! 글쎄, 나한테 얻을 수 있는 건 아주 끔찍하고 초라한 머리 가죽일 텐데. 20년 동안 달걀처럼 벗겨져 있었다고. 어쨌든 꼬마 악당이 여기로 데려온 것은 잘했어!"

그는 산타클로스 대사에 맞춰 연극이라도 하는 것 같았다. 말투는 거칠었지만 표정은 활기차고 유쾌했다. 헬멧을 다소 멋 부리듯이 머리 한쪽에 살짝 걸치고 경찰이 되는 것이 상상할 수 있는 가장 즐거운 일인 것처럼 굴었다. 그러나 '작은 친구들'이 경계하는 걸 보고 목소리를 낮추고 물었다(스스로는 목소리를 낮췄다고 생각했지만 별 차이는 없었다).

"그럼 무엇을 도와드릴까요?"

"당신, 경찰?" 샤피언이 소심하게 물었다.

"그럼요, 친구." 경관이 헬멧을 살짝 더 옆으로 옮기며 대답했다. "나는 경찰이고 좋은 경찰이죠. 오라일리는 최고라 할 수 있죠! 안녕? 바구니에 뭐가 있니?" 이제 칠아위가 울기 시작했기 때문이었다.

샤피언은 "아믹A-mik"이라고 대답하며 그가 볼 수 있게 뚜껑을 열고 "아믹"을 반복했다. 정말 놀랍게도 경찰관이 진짜 크게 웃기 시작했다. "하하하! 부르신 것처럼 내가 믹Mick, 아일랜드 사람입니다. 바로 아일랜드 사람이고 작은 이교도처럼 날카롭죠. 친구가 말한 대로 내가 믹이고 믹이 확실합니다." 그는 아일랜드 사람인 것에 너무 자부심을 갖고 있어 샤피언이 인디언어로 비버를 뜻하는 '아믹'이라고 했을 때 자신을 알고 있다고 추측했다. 그리고 이를 알아낸 인디언 소년이 아주 똑똑하다고 생각했다. 샤피언은 그가 그렇게 '믹'을 반복하는 걸 듣고 자신을 정말 영예로운 호칭인 '비버'라고 칭하는 좀 이상한 백인이라고 결론 내렸다. 그렇게 서로에게 최고의 장점을 찾은 이들은 서로를 꽤 똑똑한 친구라고 여겼고 단번에 아주 최고의 관계가 되었다.

"그리고 친구들 어디로 갈 거죠?" 이제 경찰관이 물었다.

샤피언은 영어와 함께 노랑머리가 준 편지를 까맣게 잊고 있다가 이제 하나가 기억나자 다른 것도 생각났다. 그래서 편지를 꺼내 경찰에게 건넸고 그는 봉투의 주소를 읽어보고 말했다.

"어딘지 알겠군요. 지금 근무 중이라 자리를 비울 수 없으니 여기 앉아서 기다리세요. 내가 친구들을 데려다주죠. 그리고 정말 나 패트릭 오라일리, 당신들에게 아무런 해가 되지 않는 걸 알게 될 것입니다." 그리고 그는 세이조의 머리를 친절하게 쓰다듬었고 마침내 샤피언은 영어로 칠아위가 실제 무엇인지 말할 수 있게 되었다. 경관이 보자고 하더니 그를 "그가 무엇이든 멋진 새끼 짐승"이라고 선언했다. 사실 우리의 대담한 칠아위가 아주 온순한 상태여서 그가 제대로 본 것은 아니었다. 아마 칠아위는 세상의 종말이 오는 중이라 생각해 머리와 꼬리, 모든 다리와 발을 숨기고 가능한 보이지 않게 최대한 몸을 움츠리고 있었다. 최소한 그때는 확실히 많이 보이지는 않았다.

그래서 우리의 두 젊은 방랑자는 훨씬 더 편안한 마음으로 일렬로 길게 놓인 좌석 끝에 앉아 기다렸다. 별것 아닌 일에도 끊임없이 유쾌해 보이는 덩치 큰 경관은 아이들에게 여러 질문을 했고 이제는 영어를 아주 적절하게 구사하게 된 샤피언이 이야기를 대략 들려주었다. 이 유쾌한 아일랜드인은 아주 침울해져서 자신(그러니까 패트릭 오라일리 자신)이 공원 주인에게 직접 데려다주겠다고 말했다. "그리고 내가 직접 명백한 진실을 알려주겠습니다. 내가 그러겠습니다"라고 소리 높였다. 하지만 이 훌륭한 경찰관은 그 문제를 곰곰이 따져보더니 초조해져 말이 꼬이기 시작했다. "냉혈한의 눈에 눈물이 흐르게 합니다." 그는 선언했다. "촛불로 크리스마스트리를 녹입시다. 그렇게 합시다!"

잠시 후 다른 경관이 그가 얻은 '가족'에 대해 호의적인 농담을 건네자 다소 마음을 놓고 그들은 함께 거리로 나왔다. 이제 거리는 사람도 적어지고 소란과 소음도 많이 줄어들었다. 이 새로운 친구는 최선을 다해 아이들이 편안히 느끼도록 내내 말을 걸었고 샤피언도 자신의 기묘하고 어설픈 영어로 대답을 했다. 세이조는 전혀 알아듣지 못했지만 모든 눈과 귀를 열고 그들의 이야기를 들었다. 그리고 그녀는 이 파란 외투를 입은 덩치 큰 남자와 함께 있으면 안전하다고 느꼈다. 이제 더는 두렵지 않았고 행복해서 소리라도 치고 싶었다. 칙아니가 바로 여기 이 도시, 아마도 이 같은 거리에 있지 않은가? 그리고 그녀는 사방에 보이는 신기한 것들을 즐기기 시작했다. 들어본 적은 있지만 생전 처음 보는 말들, 끄는 말도 없는데 그렇게 빠르게 달리는 전차들, 멋진 옷을 입은 아름다운 숙녀들, 그리고 최고는 화려한 상점 진열장이었다. 식당을 지나며 음식 냄새와 맛있어 보이는 진열장의 파이와 케이크 모습에 아이들의 지치고 조그만 얼굴이 완전히 그쪽으로 돌아갔다. 인디언어로 서로 속닥이는 걸 듣고 경관은 아이들이 배가 고프다는 걸 바로 알아챘다.

"그러니까 지금 배고프죠, 친구? 두 친구가 거의 쓰러질 지경인데, 나 쓸데없는 농담만 하고 있습니다. 친구를 문간에서 굶어 죽을 지경으로 만드는 것은 오라일리 방식 아닙니다. 우리 들어가서 조금 먹읍시다."

"네, 부탁합니다. 여동생이 한참을 굶었습니다." 배

가 고파 죽을 지경이라는 말을 꺼내기 힘들었지만 샤피언이 인정했다. 패트릭은 그들을 앞쪽 가게로 데려갔다. 아이들을 자리에 앉히고 마지막 식사가 언제였는지 묻자 샤피언이 대답했다.

“무역거래소에서. 나, 나는 걱정하지 않지만 내 여동생은 지금 걱정 많다. 그래서 한자리에 앉아 아무것도 먹지 않는다. 나, 나는 내 동생을 보호한다. 내 동생 혼자 두지 않는다. 그래서 아무도 먹지 않고 칠아위만 조금, 자신의 배넉 먹는다.” 그러자 경찰관이 말했다.

“당신은 용감한 소년입니다. 이제 오라일리는….” 하지만 우리는 오라일리가 그 문제를 어떻게 할지 듣지 못할 운명이었다. 바로 그때 웨이터가 주문한 음식을 가져왔고 아이들의 눈이 거의 문고리처럼 커졌다. 먹음직스럽게 김이 모락모락 나는 음식들이 가득 쌓여 있는 쟁반이 보였다. 접시들이 앞에 놓이자 너무 맛있는 냄새와 감질나는 외양에 아이들은 완전히 압도되었다. 세이조는 너무 흥분해서 정신이 멍해졌다. 곧 그들은 먹느라 너무 바빠서 떠들고, 보고, 듣고, 그 어떤 것도 할 수가 없었다. 그저 먹었다. 이후 몇 분간은 식탁에서 정신없이 급히 먹어대고 있었다. 그렇게 음식을 즐기다 세이조는 불쌍한 칠아위도 배고플 거라는 생각에 자기 접시에 있는 버터, 도넛, 파이, 그 외에도 뭔지 모를 작은 조각들을 바구니에 넣었다. 곧 그도 아이들만큼 바빠졌고 암울했던 시간의 많은 부분을 만회했다.

그들은 식당에 일반적으로 갖춰진 작은 방 하나에 자리를 잡아 방엔 그들뿐이었다. 이제 만찬이 아주 만족스럽게 끝났고 아무도, 칠아위조차도 한 입도 더 들어가지 않는 상태라 모두 뒤로 물러앉아 극도의 포만감을 느끼고 있었다. 오라일리 씨도 아까보다 기분이 더 좋아져 시가에 불을 붙이며 손님들에게 최고의 만족감을 표했다. 그가 헬멧을 벗었고 이제 느긋해진 샤피언이 그의 머리를 살펴볼 여유도 생겼다. 달걀 같다는 그의 주장처럼 아주 대머리는 아니었다. 한쪽 귀 바로 위에서 시작된 넓은 머리카락 고리가 다른 귀까지 둘러 있었다. 당신이 달걀에서 찾을 수 있는 최대한을 고려해도 아주 눈에 띄게 훨씬 더 머리카락 양이 많았다.

세이조는 훌륭한 어린 주부처럼 접시 모두를 한쪽에 깔끔하게 쌓아놓았고 이 비싸 보이는 물건들을 정리하는 걸 아주 즐거워했다. 사실은 그저 평범한 도자기 식기들이었지만 말이다. 가난한 아이인 세이조는 그날 밤 샤피언에게 말했듯 그런 접시들을 본 적도 없었다.

작은 방은 따뜻했고 세이조는 화사한 머리 두건을 뒤로 넘기고 윤이 나는 길게 땋은 검은 머리를 드러냈다. 검고 부드러운 눈동자가 이제 행복감으로 환히 빛났다. 그제서야 그녀의 얼굴을 처음 제대로 본 경관은 자신이 '세계에서 가장 멋진 소녀들이 있는 아일랜드'를 떠난 이후에 그가 만난 가장 작고 예쁜 소녀라고 말했다. 샤피언이 그의 말을 전해주자 그녀는 얼굴을 붉히며 고개를 숙였다. 그리고 머리 두건을 다시 썼다. 하지만 이 천성적으로 밝은 성격의 남자에게 오래 낯을 가릴 수 없어 부끄러움을 이기고 그를 올려다보았다. 곧 그녀는 두건을 다시 벗어 내려놓았다. 그녀는 한 마디도 이해하지 못하면서도 그가 말할 때마다 웃었다. 그리고 샤피언은 동생이 그렇게 마음이 가벼워진 것을 보고 거의 그녀만큼이나 웃었다. 오라일리 경관은 자신의 작은 파티의 성공에 너무 기뻐 심하게 웃다가 코트를 열고 소매에서 커다란 빨간 손수건을 꺼내 머리 벗겨진 부분을 닦았다. 여러모로 그들 모두 보기 드물게 기분이 고조되어 있었다. 오라일리가 샤피언에게 인디언어를 배우느라 손을 흔드는 동안 칠아위도 자기 의견을 세이조와 작고 비밀스럽게 속닥였다. 그가 그리 진전이 없다는 것이 아쉬웠다. 인디언들이 자주 사용하는 '확실히', '분명히', '정말'이란 의미의 '케겟kaeget'이란 단어가 있는데 만약 당신이 정말 확신이 있다면 '케겟'이라고 말하면 된다. 발음하기 쉬워 패트 경관이 금방 따라했다. 샤피언이 무슨 뜻인지 설명하자 그는 제대로 말할 때까지 이를 연습했다. 그때부터 이것도 케겟이고 저것도 케겟이었다. 그는 이 새로운 단어를 배운 걸 아주 자랑스러워했다. 그리고 다음 날 일정을 샤피언의 서툰 영어를 흉내 내 설명했다.

"그 공원, 그 공원 닫았다." 샤피언의 어조를 따라 말했다. 여기서 그는 방의 문을 아주 세게 닫았다. "내-일, 공원 연다. 돈을 준다. 비버 온다!" 그리고 문을 활짝 열고 직진 신호라도 하는 것처럼 팔을 내민 채 서 있었다. 비버 무리가 문 입구로 행진이라도 하기를 기다리는 것 같았다. 그리고 편지를 꺼내 톡톡 치며 말했다.

"나, 여기로 가, 내일, 기다려." 그리고 멋 부린 동작으로 "케겟."

영어가 그만큼 나쁘지는 않았던 샤피언은 웃음을 참기 힘들었지만 쉽게 이해가 된다고 말했다. 그리고 좋은 사람 오라일리 씨는 첫 번째 인디언어 수업에 아주 만족했고 말을 조금은 이해하기 시작했다고 느꼈다.

그는 이 주소지에서 자신의 '가족'이 안전할 거라고 보고 그들과 편지를 거기 관리자에게 넘겼다. 아이들에게 아침에 자신이 돌아올 거라고 이해시키며 그때까지 절대 움직이지 말라고 했다. 관리자는 그들을 기다리고 있던 것처럼 보였다. 사실 그는 벌써 그들에 대한 전보를 받았고 즉시 안전하게 밤을 보낼 수 있도록 집을 치워두고는 답장을 보냈다. 게다가 자신의 소박한 집에서 패트 경관에게 전화로 그들에 관한 이야기를 자세히 들었다. 어쨌든 이 세 명의 작은 방랑자들에 관한 소동이 크게 일어나고 있었고 그들은 이에 대해 아무것도 모르고 있었다.

위층에서 두 아이는 소리를 죽이고 신나게 떠들었다. 작은 다용도실이나 교회에 몰래 들어간 쥐새끼들처럼 이 하얗고 거대한 방에서 자신들이 초라하고 어울리지 않는 듯한 느낌이었다.

하지만 전혀 사고가 일어날 수 없는 곳은 확실했다. 그래서 이 피난처 방에서 샤피언은 목에 걸린 사슴가죽 주머니에서 작은 돈뭉치를 꺼냈다. 탁자에 돈을 펼

치고 아주 조심스럽게 한 장 한 장 세었다. 세이조가 지켜보며 '거봐, 꿈에서 봤다고!'라고 말하듯이 윤기 나는 검은 머리를 끄덕였다. 정확히 얼마인지 세어보려 했다. 세이조는 손가락으로 입술과 머리를 만지며 한쪽에 서서 아주 꼼꼼히 지켜보고 있었고 샤피언은 인상을 쓰고 각각의 지폐를 자세히 들여다보며 고민했다. 어쨌든 돈이 충분하다는 데 그들은 동의했다. 그들이 이전까지 보았던 모든 돈보다 많았다. 그리고 샤피언은 다시 돈을 접어서 윗도리 안 작은 주머니에 넣었다.

이 돈은 칙아니의 자유의 비용이었고 단 한순간도 손에서 떨어진 곳에 둘 수 없었다.

한편 칠아위는 바닥에 놓인 주식 대야에서 자신의 시간을 보내며 관리자가 친절하게 제공한 빵 덩어리로 또 다른 잔치를 하고 있었다. 빵의 어떤 부분은 먹을 수가 없어 천천히 흐물흐물하고 끈적끈적한 반죽이 되어버렸다. 이 모든 것이 일어나고 있는 초라한 바닥 깔개는 칙아니의 어떤 곡예에도 전혀 좋아 보이지 않았다고 믿어도 좋다.

그들 누구도 잠을 잘 수 없었다. 작은 비버는 침대 밑, 옷장, 구석에서 온갖 흥미로운 것들을 찾느라 바빴고 아이들은 내일이 너무 중요하고 멋진 날이라서 잠이 오지 않았다. 수없이 많은 위험을 헤치고 그렇게 고생하며 그렇게 오래 기다렸던 날이 될 것이다.

내일 그들은 실재 칙아니를 찾을 것이다!

갖가지 생각들이 끊이지 않았다. 지금은 자신들의 소유이니 작은 비버를 보내지 않겠다고 공원 사람들이 거절할 수도 있었다.

샤피언이 어떤 걱정을 하고 있는지 모르지만 세이조는 자신의 꿈이 실현될 거라고 확신하며 추호도 의심하지 않고 이렇게 되뇌었다.

“내일 우리는 분명히 칙아니를 찾아올 거야.”

15 최고의 협상

CHAPTER FIFTEEN

UNTO THE
LEAST OF THESE

비버들은 사람들 앞에서 일단 레슬링을 시작했다.

다음 날 일찍 패트릭 오라일리는 자신의 약속을 지키러 왔다. 하지만 예상처럼 동물원으로 곧장 향하지 않고 공원 소유자의 사무실이 있는 도시의 큰 건물로 갔다.

마지막 순간에 돈에 작은 문제라도 생길까 봐 샤피언은 작은 주머니가 있는 상의 아래 불룩한 부분을 자주 만져 확인했다. 이제 곧 이게 필요할 것이고 그는 초조했다. 다른 한 손에는 칠아위가 있는 바구니를 들고 있었고 1미터도 떨어지지 않아 머리와 어깨를 두건으로 감싼 세이조가 어린 소녀 걸음으로 종종 걷고 있었다.

둘러볼 여유도 없이 아일랜드인과 함께 곧장 엘리베이터를 타고 한 남자가 앉아 있는 책상 앞에 서 있게 되었다.

그는 잃어버린 그들의 작은 친구의 운명을 손에 쥔 남자였다.

이제까지 그렇게나 자신의 꿈을 믿고 있던 세이조도 갑자기 겁이 나고 불안해 나뭇잎처럼 파르르 떨었다. 자신들의 제안이 거절당하면 어떻게 해야 할지 막막했다. 그리고 이제 운명의 순간이 왔고 세이조는 비명이라도 지르며 도망치고 싶었다. 하지만 무슨 일이 있더라도 끝까지 지켜보겠다고 결심하고 용감하게 자신의 자리를 지켰다.

책상 뒤의 남자는 창백하고 긴 얼굴에 턱이 갸름한 청년이었다. 입 한쪽에 담배를 물고 있었는데 입술 밑까지 타들어 가 연기를 막기 위해 괴롭게 한눈을 찡그렸고 다른 눈으로 주위를 보고 있어 때때로 사시처럼 보였다. 그는 담배를 떼지 않고 둘러보는 눈으로 매섭게 곁눈질을 했는데 아주 투명하고 차가운 시선이었다.

"그러니까, 무엇을 원하십니까?" 그가 짧게 물었다.

잠깐 침묵이 흘렀고, 아주 무겁고 짙은 침묵이었다. 세이조와 샤피언은 숨도 쉬지 않았다.

"죄송하지만," 패트 경관이 입을 떼었다. "어젯밤 H 씨와 이 어린 친구들에 관해 통화했고 여기서 같이 만나 이 작은 문제를 의논하기로 했습니다만…."

"저에게 말씀하셔도 됩니다." 젊은 남자가 아주 정중한 어조로 말을 잘랐다. "H 씨는 지금 바쁘십니다." 그는 다른 사무실로 통하는 살짝 열린 문 쪽을 힐끗 쳐다보았다.

"그러니까 사실 이 문제는…." 패트가 다시 입을 떼자 청년이 손목시계를 보더니 다시 말을 잘랐다.

"빨리하세요, 경관님. 오늘 아침은 바빠서요."

패트는 얼굴을 약간 붉혔고, 다시 이야기를 시작했다. 이번에 성공적이었다. 전날 밤 세심하게 연습한 표현이었고 철도역에서 말했던 대로 '어떤 냉혈한도 눈물을 흘릴' 이야기였다. 그러나 그 젊은 남자는 눈물을 흘리지 않았으니 분명 냉혈한도 아닌 모양이었다. 사실 패트가 이야기하는 동안 이 참을성 없는 청년은 몇 번이나 손목시계를 보았고 입에 문 꽁초를 버리고 새 담배에 불을 붙였다. 돌의 심장을 가진 것이 아니라 전혀 심장이 없는 것처럼 보이기 시작했다. 순박한 경찰관은 마지막에는 다소 움츠러들어 자신의 이야기를 어설프게 마쳤다.

"…그래서 아이들은 당신에게 새끼 짐승을 다시 사고 싶어 합니다. 당신이 아이들에게 짐승을 돌려주면 그것이 주님이 하시는 일이라고 감히 말할 수 있습니다." 커다란 빨간 손수건으로 얼굴을 초조하게 닦으며 그는 거기 서서 자신의 최선을 다했다.

"이야기는 다 끝나셨나요?" 그가 차갑게 물었다.

"네." 패트는 기가 죽어 대답했다. 그가 겁을 먹기 시작했으니 이미 협상에서 졌다고 보는 것이 타당했다.

직원은 "오, 감사합니다. 그럼 설명드리죠"라고 말했다. 그의 말이 유리 접시에 떨어지는 얼음 조각 같았다. "비버는 공정하고 완벽한 거래 방식으로 구입했습니다. 이 부랑아들이 아니라 신뢰할 만한 무역상에게 구입했습니다. 우리는 50달러를 지불했고, 그 어린 짐승의 값보다 훨씬 더 비싼 가격입니다. 그 거래로 충분한 이익을 얻지 못하는 한 우리는 그를 되팔 생각이 없습니다." 여기서 그는 두 어린 인디언들을 보았다. "당신이 부른 것처럼 당신의 붉은 피부의 친구들을 외모로 판단하는 것은 그리 좋지 않다고 생각합니다."

패트의 얼굴이 더는 붉어질 수 없을 만큼 붉어졌지만, 돈만이 이 냉혹한 친구를 설득할 수 있을 거라고 약삭빠르게 머리를 굴려 샤피언을 앞으로 밀었다.

"돈." 그가 잠긴 목소리로 속삭였다. " 그 돈, 돈 당장 줘!" 그리고 거의 모든 상황을 이해하고 겁에 질려 있던 샤피언은 앞으로 나가 잠시 주머니를 더듬어 책상 위에 작은 돈뭉치를 떨어뜨렸다.

직원이 집어 들고 세보더니 코를 킁킁거렸다.

"겨우 14달러네요." 그는 돈을 돌려주며 "아무것도 할 수 없죠."라고 말했다.

모두 알아들었는지 확실히 하기 위해 추가로 덧붙였다. "끝났어요. 안 팔아요. 안 돼요. 절대! 알아들었어요?"

그들 모두 알아들었다.

아무도 말하지 않았고 아무도 움직이지 않았다. 샤피언에게 그것은 세상의 종말이었다. '하지만 안 돼. 이게 진짜야?' 그리고 그는 침묵에 갑자기 질식할 것 같았다. 책상 뒤의 하얀 얼굴이 점점 커져서 그에게 돌진하고 있었고 바닥이 발아래서 꺼지는 듯했다. 약한 소녀처럼 힘없이 쓰러질 것 같았다. 조롱하듯이 한쪽 눈으로 그를 힐끗거리는 창백하고 핼쑥한 얼굴을 시야에서 차단하기 위해 소년은 눈을 감았다. 이를 악물고 주먹을 꽉 쥐고 늘 하던 위엄 있는 자세로 젊은 몸에 똑바로 힘을 주었다. 어지럼증이 사라지고 몸이 떨리며 차가워졌다. 한편 경관은 당황해 어쩔 줄 모르며 자신의 벗어진 머리를 문지르며 잠긴 목소리로 중얼거렸다. "아! 부끄럽군요. 안타까워요! 나는 나를 믿어준 이들을 실망시켰습니다. 내 오래된 심장도 오랫동안 슬퍼하겠군요."

그리고 세이조는? 새장에 갇혀 두려움에 떠는 한 쌍

의 새들처럼 두 눈으로 사람들 얼굴을 훑으며 고통스러운 간절함으로 모든 상황을 지켜보고 있었다. 그리고 그녀는 보았다. 아무도 그녀에게 설명해줄 필요는 없었다.

그들은 실패했다. 단 2분 만에 실패했다.

그녀는 조용히 샤피언 옆으로 다가왔다. 그리고 "알았어, 오빠." 아주 조용히 말했다. 이상하리만치 너무 작은 음성이라 샤피언은 급히 그녀를 쳐다보고 자신의 팔을 내밀었다. 그녀는 가까이서 그를 올려다보며 "이제 알겠어. 그는 우리에게 칙아니를 주지 않을 거야. 내가 내 꿈을 오해했어. 결국 우리는 칙아니를 데려가지 않기 위해 도시에 왔던 거야. 아마도 칠아위를 그에게 데려다주기 위해서라고 생각해. 그게 내 어머니의 뜻이었을 거야. 그들이 함께 있을 수 있게, 그들이 더는 외롭지 않게. 그랬던 거야. 그러니…."

그리고 그녀의 아이 같은 음성이 거의 속삭이듯 작아졌고 작고 검은 머리가 축 처졌다. "이 남자에게 말해, 칠아위도 그에게 주겠다고."

그리고 그녀는 칠아위의 바구니를 책상 위에 올려놓았다. 그리고 뒤로 물러서서 종잇장 같은 얼굴에 창백한 입술, 크고 감정 없는 눈으로 바구니를 응시했다.

오라일리 씨는 짧은 탄식을 내뱉으며 기가 막혀 서 있었다. 지금 무슨 일이 일어나고 있는 걸까요?

직원이 "이게 뭐야?" 화가 나 소리쳤다. 샤피언이 그에게 말했다.

"다른 비버, 칠아위, 그의 형. 칙아니, 너무 외로워. 당신 칠아위도 데려가요. 그럼 외롭지 않아. 내 여동생의 말입니다. 나는…." 그는 목이 막혀 더는 말할 수가 없었다.

"그럼, 이제…." 처음으로 미소를 지으며 직원이 말했다. 미소를 지어도 그의 인상은 조금도 좋아 보이지 않았다. "색이 다른 놈이군요. 빨리 수속을 하죠." 그리고 펜에 손을 뻗었다.

"안 돼!!" 갑자기 경관이 무시무시한 음성으로 소리치며 주먹으로 요란하게 책상을 내리쳤다. 모두가 화들짝 놀랐다. 잉크병, 문진, 펜과 연필이 모두 떨어지고 창백한 청년도 화들짝 튀어 올랐다. 얼굴이 백지처럼 하얘지며 담배가 입술에서 바닥으로 떨어졌다.

"아니, 그러면 안 돼." 패트가 천둥 같은 음성으로 부르짖었다. "오라일리의 아들이라면 힘없는 아이들이 당신이나 당신 같은 사람들에게 괴롭힘당하고 학대받는 것을 보고도 그냥 지나치지 않아. 당신은 속이 시커먼 악당이야." 그는 고함쳤다. "나는 법의 집행관이고 당신을 체포하겠다. 음모, 사기, 경범죄, 고속도로 강도, 폭행, 어, 또…." 여기서 그는 더 솔깃하게 들리는 범죄들을 줄줄이 뱉었고 이제는 심하게 겁에 질린 청년을 향해 책상을 돌며 사납게 으르렁거렸다. 청년은 다른 방쪽 방향으로 최대한 서둘러 물러섰고 세이조와 샤피언은 눈이 접시만큼 커져 옆에 서 있었다. 이 오라일리의 다소 폭력적인 자손이 무얼 더 하려 했는지는 알 수 없게 되었다. 그 순간 다른 방문이 열렸기 때문이었다. 물러나던 청년은 그의 퇴로가 막힌 것을 알았고 파티의 다른 손님과 부딪혀 나동그라졌다. 방 바로 안쪽에서 이 놀라운 장면을 안경으로 지켜보고 있던 마르고 희끗희끗한 머리의 노신사가 아주 침착하고 낮은 목소리로 "죄송합니다"라고 말했다.

그는 헛기침을 하고는 "제가 방해가 되었다면 죄송합니다"라고 했다. 그리고 아주 정중하게 "앉으시면 어떨까요?"라고 제안했다.

패트는 여전히 화가 나서 씩씩거리며 새로운 용의자

를 노려보았는데, 그가 어떤 범죄를 저질렀는지 확신이 없었기에 새 담배를 더듬으며 손이 살짝 떨렸다.

“앉으시죠, 여러분.” 반백의 남자가 다시 제안했다.

그들은 앉았다. 왠지 이 온화한 노신사가 요구하면 그렇게 해야 할 것 같은 느낌이라고나 할까? 그리고 그가 공원의 주인인 H 씨였다.

“자, 이 문제를 상의해봅시다.” 그가 경관에서 직원, 아이들에서 다시 경관에게 시선을 돌리며 제안했다. “자, 경관님 어젯밤 전화로 이 아이들의 이야기를 듣고, 어떻게 할지 고민해보겠다고 제가 약속드렸습니다. 저쪽 방에서 저는 모든 이야기를 들었습니다. 여기 있는 것보다 더 잘 들을 수 있었습니다. 그렇지 않았으면 일어나지 않았을 어떤 일이 일어났기 때문입니다. 저는 아이들이 얼마나 멀리에서 왔는지, 자신의 반려동물을 다시 찾기 위해 어떤 어려움과 위험을 겪었는지를 당신에게 이미 들었습니다. 하지만 저는 조심스러웠습니다. 사기가 아니라는 것을 확인해야 했습니다. 제가 아이들의 말을 알아듣지 못하기 때문에 판단 전에 아이들이 어떻게 하는지 보고자 했습니다. 이제 저는 모든 이야기를 알았고, 이 문제가 제게는 어려움이 있다는 것도 알게 되었습니다."

이에 점원은 흡족한 표정으로 주위를 둘러보며 마치 '자, 내가 말한 대로지?'라고 말하는 듯했다. H 씨도 안경을 무릎에 두드리며 주위를 둘러보았다.

"모두가 듣고 있습니다. 그렇죠?" 그가 말을 이었다. 사람들이 그의 말을 경청하는 것이 아주 익숙하다는 태도였다. 그는 독특한 코안경을 끼고 엄지와 집게손가락으로 얇은 코다리를 잡고 그 너머로 아이들을 번갈아 훑어보았다. 아이들은 그의 시선이 목소리와는 전혀 다르게 좀 날카롭다고 느꼈다.

"아," 모두 그의 다음 말을 기다리고 있다는 걸 깨닫고 그가 말했다(세이조는 그의 말을 전혀 이해하지 못했지만 기묘한 태도와 부드럽고 유려하기까지 한 그의 화법에 매료되었다). "아주 좋습니다. 방금 이 인디언 아이들이 두 작은 동물이 함께 있도록 다른 반려동물을 포기하겠다고 제안한 것을 들었습니다. 이는 그들의 진실성을 내게 증명해주었습니다. 하지만 고려해야 할 제 입장이 있습니다. 여기 조지가 말한 것처럼 완벽히 정당한 사업 거래였고 저는 상당한 돈을 들였습니다. 저는 한 번에 결정할 수 없었습니다. 게다가 사람들, 특히 젊은 사람들이 요구하는 대로 모두 들어주는 것은 좋지 않습니다. 즉 그들이 정당하게 일하지 않았다면 말입니다." 그리고 그는 다시 착용한 안경 너머로 조금 엄격하게 아이들을 바라보았다.

"그럼 선생은 어떻게 하실 생각이십니까?" 오라일리는 그가 안경은 그만 만지작거리고 본론으로 들어가길 바라며 걱정스럽게 물었다.

그러나 H 씨는 직원에게 몸을 돌렸다. "조지, 당신은 훌륭한 사업가입니다. 대체로 아주 잘 해왔다고 생각합니다."

"아, 제가 해야 할 일이죠. 선생님." 조지가 약간 진지하게 대답했다.

"우리가 해야 할 일, 그렇습니다." 신중한 H 씨가 생각에 잠겼다. "그러니 아무 문제가 없죠."

"하지만 어떻게 하실 생각이십니까? 선생" 조바심이 나서 거의 폭발할 것 같은 패트가 다시 물었다.

"어떻게?" 노인이 격앙되어 물었다. "어떻게? 아, 그렇습니다. 어떻게 해야 할지 결론이 났습니다. 바로 이렇습니다." 그리고 칠아위의 바구니를 들고 아이들에게 손짓했다. "여기." 그가 상냥하게 말했다. "여기 당신들의 작은 친구입니다." 그리고 갑자기 냉정하고 사무적인 태도로 카드에 뭔가를 써서 패트에게 건네주었다. "이제 오라일리 씨와 공원으로 내려가서 다른 하나를 데려오세요. 그는 당신들 것입니다. 당신들이 완벽하게 이겼습니다."

샤피언은 입을 벌리고 그를 쳐다보았다. 그의 말이 정말일까요? 아니면 또다시 세이조의 꿈으로 말려든 것일까요. 아니면 자신의 꿈일지도 모릅니다. 하지만 세이조는 또렷이 깨어 있었다. 그리고 그녀는 그에게서 칠아위의 바구니를 낚아챘다.

"말해봐, 말해봐." 그녀가 흥분해서 소리쳤다. "뭐야? 뭐야?" 그들이 잘 알아듣지 못한 걸 보고 H 씨는 다시 설명하려 했다. 그때 패트가 외쳤다(그는 사실 자신이 제일 먼저 좋은 소식을 전하고 싶었다).

"죄송하지만 선생, 내가 그들의 말을 합니다." 그리고 샤피언에게 몸을 돌려 "이 사람." 그는 H 씨의 등을 아주 힘차게 몇 번이나 치며 입을 열었다. 노신사는 불시의 일격에 얼굴이 앞으로 쏠려 안경이 벗겨졌다(모두 간신히 안도했다). "좋은 친구, 이 사람" 이번엔 놀란 H 씨의 가슴을 쿵쿵 쳐서 그를 거의 뒤로 넘어뜨릴 뻔했다.

"이 사람, 높은 족장, 훌륭해, 알았지? 나 발음 어렵지 않아. 두 비버 데리러. 빨리빨리 알아듣겠어?" 그는 가장 자신 있는 인디언어로 마무리했다. "케겟! 케겟!!" 그리고 의기양양하게 H 씨를 향해 "언어는 항상 오라일리의 재능이죠, 선생"이라고 했다.

"물론입니다"라고 H 씨는 말했다. "분명히 정말 그렇습니다." 그리고 그는 문가에서 미소지으며 행복한 일행을 배웅했다. 떠나는 그들 뒤로 문을 닫으면서도 여전히 따듯한 미소가 그의 얼굴에서 떠나지 않았다. 결국 자신이 잃었지만, 최고로 유쾌한 작은 승부였다고 생각했다. 그리고 아주 성공적인 거래를 끝낸 것처럼 유쾌하게 두 손을 잡고 문질렀다.

패트가 앞쪽에 보이는 입구를 가리킬 때까지 세이조와 샤피언이 놀이공원까지의 여정을 기억이나 할지 아주 의심스럽다. 그리고 세이조는 달리기 시작했다. 이제 그녀는 창백하지 않았고 눈은 냉정하게 번득이며 빛났다. 두건이 뒤로 떨어지든 말든 모카신 신은 작은 발이 빠르게 인도를 두드리고 땋은 머리가 어깨 위로 날리며 위아래로 흔들렸다. 그녀 뒤로는 바구니를 들고 오느라 보조를 맞추지 못하는 샤피언이 뒤따랐다. 바구니 안에서는 너무 오래 갇혀 있어 지친 칠아위가 아주 소란스러웠다. 그 뒤로는 헬멧을 벗은 얼굴이 시뻘건 거구의 오라일리 씨가 따라오고 있었다. '20년 동안 달걀처럼 벗어진' 머리를 크고 빨간 손수건으로 훔치며 가벼운 천식의 영향으로 증기선처럼 헐떡이며 헉헉대고 있었다.

한 번은 "이봐, 이게 뭐야? 경주야?"라고 외치기도 했다. 하지만 아이들은 계속 똑바로 달려갔다. 그의 말이 들리기나 했는지 모르겠다. 그래서 투덜대기 시작했다. "어린 이교도들, 나를 죽이고 말 거야. 그러고 말 거야." 하지만 그는 씩씩하게 계속 갔다.

길을 가던 행인들이 숲의 복장을 한 어린 인디언들과 분명 그들을 쫓아 함께 질주하는 경찰을 보기 위해 멈췄다. 바구니에선 칠아위의 날카로운 비명과 울부짖음도 들려왔다. 그는 이런 모든 소동으로 바구니가 흔들리는 것에 거칠게 항의 중이었다. 그래서 행인 몇 명은 몸을 돌려 이 이상한 행렬에 합류했고 검은 머리의 작은 소녀를 뒤따라 달렸다.

그리고 그들 모두 뒤, 한참 멀리 떨어져 또 다른 사람이 있었다. 키가 크고 갈색 피부를 가진 남자가 아주 부드러우면서도 빠르게 도시 거리를 성큼성큼 걷고 있었다. 그가 너무 어둡고 단호해 보여서 사람들은 기꺼이 옆으로 비켜 그에게 길을 내주며 수군댔다. “누구죠? 뭐 하는 사람이죠?” 하지만 누구도 그를 스쳐본 적도 없었다.

공원이 아직 개장하지 않아서 입구에서 약간 시간이 지체되었지만, 오라일리가 곧바로 따라와 카드를 보여주고 아이들을 들여보냈다. 꽤 많은 군중이 몰려들었고 문이 열리자마자 그들과 함께 밀고 들어갔다. 관리자는 다름 아닌 우리의 친구 사육사 알렉이었고 그는 이미 사정을 알고 있었다. H 씨도 마지막 순간에 오겠다고 결정하고 군중 속에서 지시를 내렸다. H 씨가 고개를 끄덕이자 사육사가 세이조를 비버 우리 쪽으로 재빨리 안내했다. 그리고 그녀는 다시 유령처럼 창백해졌다. 그녀는 거대하고 텅 빈 공간 끝까지 수 킬로는 달려간 듯했고, 거기에는 시꺼멓고 더러워 보이는 철장이 있었다. 그리고 그녀는 그 창살 사이로 드디어 드디어 볼 수 있었다. 거기 있었다. 갈색 털이 부스스한 작은 동물이 우리 중앙에 앉아 있었다. 그리고 오 그럴까요? 그럴 수 있을까요? 정말 그랬다. 칙아니였다.

세이조는 이제 창피함도 잊고 구경하는 사람들도 잊고 소란한 도시도 잊고, 이제 이렇게 가까이 있는 털 달린 작은 몸을 제외한 모든 것을 잊어버리고, 쇠창살로 돌진해 자갈밭에 무릎을 꿇고 철장 사이로 손을 뻗고 소리쳤다. "칙아니! 칙아니!! 칙아니!!!"

작은 비버는 믿지 않았다. 소녀 쪽을 보면서 움직이지 않고 앉아 있었다.

"나야, 세이조. 오, 칙아니!" 울음이 거의 통곡이 되었다. 오, 그는 잊어버렸나요?

세이조가 다시 외쳐도 작은 생명체는 여전히 가만히 멈춰 서서 그의 통통한 갈색 머리를 한쪽으로 쫑긋 세우고 듣고 있었다.

"칙-아-니!!!" 그리고 그가 알았다. 목구멍으로 우스꽝스러운 작은 소리를 내며 짧은 다리가 할 수 있는 한 빠르게 철장으로 튀어왔다.

군중 사이에서 작은 환호가 터져 나왔고 살짝 동요가 일었다. 사육사 알렉이 앞으로 나와 작은 철문을 열고 말했다. "이쪽으로, 미스? 마드모아젤? 세뇨리타?" 그는 그녀를 어떻게 불러야 할지도 전혀 몰랐고 자신도 흥분해 있었다. 그리고 그녀는 달려들어 그렇게 그리운 칙아니를 꿇은 무릎 위로 안아 위에서 감쌌다. 둘 다 전혀 움직이지 않았다. 그리고 화사한 머리 두건이 이 모든 것을 감춰주었다. 이 운명적이고 영광스럽고 결코 잊을 수 없는 아침에 당신도 나도, 어느 누구도 이 둘 사이에 무엇이 지나갔는지 알지 못할 것이었다.

반백의 H 씨는 주머니에서 손수건을 꺼내 꽤 크게 코를 풀었다. 그리고 사육사 알렉은 갑자기 헛기침을 해댔다. "흠, 흐음."

"그렇고 말고요." 사육사는 사실 아무 말도 하지 않았음에도 패트 경관이 진심 어린 목소리로 외쳤다.

그리고 이제 가장 짜릿한 순간이 남았다. 칠아위와 칙아니는 이제 자신들의 파티를 시작할 예정이었다. 그들은 겨우 3미터 떨어져 있는데 이를 몰랐다. 얼마나 짜릿한 순간인지!

심장이 쿵쾅거리는 세이조와 샤피언이 바구니를 들고 들어왔다(한 명이 처리하기는 힘들었다. 뚜껑을 열고 잡고 있으려면 둘이 필요했다.)

그리고 아이들은 칠아위를 들어 밖으로 꺼내 칙아니 앞쪽에 내려놓았다. 그리고 서서 숨죽이며 지켜보았다. 1초, 2초 새끼 둘 다 움직이지 않고 서로를 응시했다.

황혼이 진 작은 마음속에 서서히 진실의 여명이 밝아오고 있었다. 그들은 서로를 향해 조심스럽게 기어갔고 눈은 거의 머리에서 튀어나올 듯했고 귀는 크게 열려 쫑긋거리고 코는 킁킁거렸다. 천천히 앞쪽으로 기어가다 걷기 시작했고 걷기는 뒤뚱뒤뚱 종종걸음이 되었다 마침내 서로를 찾았다는 확신의 질주가 되었다. 그들은 달려와 정면으로 돌진했다. 충돌은 아주 과격했다. 부드러운 자세로는 더 멀리 갈 수 없었기에 몸을 세워 달렸다. 크고 날카롭게 울며 서로를 꽉 움켜잡았다. 그리고 거기 모든 사람 앞에서 레슬링을 시작했다.

끊임없는 절망적인 탐색과 매일매일의 실망, 모든 고통과 그리움, 처량하고 공허한 외로운 밤이 이제야 끝났다.

큰 꼬마와 작은 꼬마가 다시 함께였다.

곧이어 그들은 울타리 여기저기로 몸을 나뒹굴었고 어둡고 비참한 감옥은 이제 놀이터가 되었다. 지금까지 이용해본 최고의 놀이터가 되었다고 장담한다! 그리고 아이들은 손뼉을 치며 소리치고 웃고 열광적으로 그들에게 환호했다. 레슬링 선수들, 댄서들, 혹은 당신이 부르고 싶은 무엇이 됐든 그들은 의기양양하게 걸어 다니며 자신의 인생에서 가장 멋진 순간을 최대한 즐겼다. 그날 그들은 최고의 공연을 보여줬다. 사람들은 웃으며 그들을 응원했고 반백의 H 씨는 손수건을 공중에서 꽤 격렬하게 흔들었다(저는 그가 전혀 소리를 지르지 않았다고는 전혀 믿지 않는다).

오라일리 씨는 자신의 많은 도움으로 열린 이 행복한 행사에 참여하고 싶어 죽을 지경이었고 자신이 이 모든 이야기를 알고 있는 유일한 사람이라는 생각에 자신을 행사의 대가로 지칭하며 자랑스러워했다. 경찰로서 임무를 수행하고 군중을 통제하고 라디오 진행이라도 하듯 상황을 설명하고 농담을 던지고 가장 상냥한 태도로 모두를 향해 환하게 웃었다. 그러지 않을 땐 혼자 아주 신나게 즐겼다. 그리고 실제보다 그가 조금 더 아는 척했다 하더라도 그런 인정을 받을 자격이 있다는 것에 우리 모두 동의할 것이다. 두 꼬마가 자신들의 괴상한 춤을 추기 시작했을 때도 그는 좌절하지 않고 지그를 출 수 있는 아일랜드인을 제외하고 자신이 평생 본 최고의 춤이라고까지 말했다. 그리고 결국 모두가 듣도록 선언까지 했다.

"글쎄요, 직접 보고 있으면서도 절대 믿을 수가 없군

요."

이전에 그런 것을 본 적이 없는 사람에게는 정말 놀라운 광경일 것이기에 그는 아주 쉽게 용서받을 수 있으리라.

그리고 이 작은 축하 행사를 방해하고 싶지 않아서 꽤 오랫동안 거기서 지켜만 보던 인물이 사람들 뒤에서 나왔다. 키가 크고 까무잡잡하고 모카신을 신고 있었다. 조금 전 이쪽으로 도시 거리를 빠르게 걸어오던 그 남자였다. 그가 앞으로 나오자 호기심 어린 군중이 조용해졌다. 하지만 놀이 친구들에 정신이 팔린 세이조와 샤피언은 목소리를 들을 때까지 눈치채지 못했다. 그들이 너무나 잘 알고 있는 목소리가 조용하고 음악적인 오지브웨이어로 그들 뒤에서 부드럽게 말했다.

"오웨이, 구름이 태양의 표면에서 진짜로 사라졌습니다. 이제 나의 슬픔도 이른 아침 안개가 흩어지듯 사라졌습니다. 이들이 우리를 위해, 나의 아이들을 위해 많은 것을 해주었습니다. 이제 우리는 그들에게 감사합니다. 내 아들, 내 딸, 너희들의 니치키웬즈Nitchie-kee-wense, 작은 형제들을 챙기거라. 오피피소웨이가 기다리고 있다"

큰 깃털이 그들 네 명 모두를 북서풍의 땅으로, 말하는 물의 장소로 데려가기 위해 왔다. 그리고 세이조의 꿈은 결국 이루어졌다.

16 미-노-타-키-야

CHAPTER SIXTEEN

MINO-TA-KIYAH!

족장은 고대의 전사들처럼 북소리에 맞춰 춤을 추었다.

그렇게 그들은 도시의 소음과 분주함, 그리고 사람들과 작별했다. 결국 도시인도 다른 사람과 거의 비슷한 것 같다고 세이조는 생각했다. 나쁜 사람보다 좋은 사람이 많다고. 사실 거의 좋은 사람이라고 세이조는 결론짓고 마을 주민들에게 그들이 실제로 어떤지 얘기해주어야겠다고 마음먹었다.

그들은 불쌍하고 외로운 칙아니에게 매우 친절했고 꼬마 죄수가 다시 한번 자유의 몸이 된 것에 아주 안도하는 사육사 알렉에게 작별을 고했다. 또 사람은 별나지만 조용히 웃고 있는 H 씨에게 인사했다. 그는 자신이 아주 슬퍼하던 이들에게 기쁨을 주었다는 걸 알고 이후 오랫동안 행복했다. 기치 미궈이 칙아니 몸값을 지불하려 했지만, 그는 들으려고도 않고 자신에게 준 기쁨으로 계산이 끝났다고 했다.

오라일리가의 충실한 아들인 패트릭 경관이 그들을 기차역까지 배웅했다. 후에 그는 동료들에게 말했다. “내가 직접 그들을 안전하게 배웅했다니까. 그들의 아버지가 내가 아이들에게 그들 말을 하는 걸 듣고 활짝 웃었어. 진짜 그랬다니까!” 그가 정말 그랬을 것도 같다. 기차가 플랫폼을 출발하자 두 아이는 그렇게 자신들에게 선량하고 충직하며 진실했던 이 친구에게 손을 흔들고 또 흔들었다. 그리고 그는 헬멧을 신호처럼 공중에 높이 들고 서 있었다. 그의 대머리가 멀리까지 빛났고 떠나는 샤피언은 여전히 거대한 소금 호수의 어떤 녹색 섬에 자신을 비버라고 부르는 사람들이 살고 있다고 굳게 믿고 있었다.

그들이 래빗 포티지에 도착했을 때 처음 맞이한 사람은 노랑머리였다. 배가 완전히 상륙하기도 전에 갑판으로 뛰어올라 그들을 반겼다. 바로 샤피언은 남은 돈을 그에게 주었고 노랑머리가 그들을 환영하러 거기 나온 모든 기치 모코먼에게 돈을 돌려주겠다고 전했다. 그러자 그들 중 한 명이 앞으로 나와 짧게 발언했다. 모든 일이 잘 해결되어 모두 너무 기쁘며 선교사가 돈을 맡았다가 가난하거나 이를 필요로 하는 인디언 누군가에게 주면 기쁘겠다고 말했다. 그리고 기치 미권은 자신의 아이들에게 베푼 친절에 모두에게 감사하며 언제가 누군가를 도울 기회가 자신에게도 오기를, 이후에 당신들의 친절이 항상 좋은 일로 되돌아오기를 바란다고 말했다.

노랑머리는 그들과 함께 마을로 돌아가 주민들 사이

에서 일하겠다고 말했다. 이 말에 그때까지 조금 뒤쪽에 있던 무역상이 앞으로 나와 세 명 모두와 악수를 하며 자신도 가겠다고 했다. 자신도 인디언 고객들을 더 잘 알아야 하고 모든 상인이 마땅히 그래야 한다고 했다. 그 역시 도움을 주었다는 것을 절대 언급하지 않고 언급하지 않았고 언급하지 않을 것이었다. 노랑머리가 학교에서 그를 보지 못했다면 절대 알려지지 않았을 것이다. 그는 큰 깃털에게 살짝 귀띔해주었다. 한편 두 꼬마들에게 많은 애정과 관심이 쏟아져 모인 기치 모코먼을 위한 레슬링 공연까지 잡혔지만, 누군가 보든지 말든지 그들이 신경이나 쓰는지 아주 의심스럽다. 파티가 시작되고 자신들만 바구니에 남겨지자 오히려 안심하는 듯했다.

큰 깃털이 여전히 불의 흔적이 남아 있는 자신의 카누를 저었고 샤피언은 키를 잡았다. 이번 여정에서 세 이조는 일을 하지 않는 그저 승객이었다. 어차피 절대 일을 하지 않는 칠아위와 칙아니도 함께 말이다. 그녀는 거의 내내 비버 바구니에 얼굴을 들이밀고 앉아 있었다. 노랑머리와 상인은 더 많은 수의 다른 인디언들과 더 큰 카누를 타고 왔다. 높고 위엄 있게 꺾여진 뱃

머리와 선미를 가진 '라비샤즈Rabishaws'라 불리는 거대한 자작나무 카누로 화려한 돌격선이나 스페인 상선 같은 모습이었다.

첫 번째 선착장에서 늙은 족장 '먼저 선 사람'이 진을 치고 그들을 기다리고 있었다. 그는 있었던 일들을 모두 설명해달라고 요청했고 아주 집중해서 이야기를 들었다. 중요한 상황이나 특별히 흥미로운 장소가 나올 때마다 "호!"나 "하!" 하고 낮고 쉰 음성으로 외치고 지혜의 빛으로 눈을 반짝였다. 그리고 한동안 그 문제를 깊이 생각하더니 세이조와 샤피언에게 말했다. '너희는 우리 부족의 영예이다. 너희와 꼬마들이라 불리는 이 말하는 작은 형제들의 모험은 노래로 칭송될 것이고 부족 역사의 일부가 될 것'이라고 했다. 그리고 칠아위와 칙아니를 보며 이들도 이제 우리의 일원이자 부족의 위대한 전통이 될 것이라고 했다. 말하는 내내 늙고 주름진 그의 얼굴에 현명한 미소가 떠나지 않았다. 그는 진실을 말하는 다소 음울해 보이는 노인이었다. 그리고는 허리에 두른 담요를 당겨 어깨까지 내려오는 길고 하얀 머리에 두르고 꼿꼿이 서서 태양을 향해 손으로 신호를 하며 말했다.

"하! 미노타키야Mino-ta-kiyah, 케겟 키kee 미노타키야! 잘되었다. 진실로 잘되었다!"

인디언들, 그리고 기치 미권, 노랑머리, 모든 지켜보던 사람들도 '미노타키야!"를 반복해서 합창했고 모두 엄숙하고 감동한 것처럼 보였다.

그리고 오피피소웨이로 가는 길에 강 옆의 수목들은 서로서로 손을 흔들며 고개를 끄덕이고 줄기와 잎들을 바스락대며 "케겟 미-노-타-키-야"하고 속삭이는 듯했고 공중의 까마귀들은 "미-노-타-키-야!"라고 깍깍거렸다. 바람은 풀 사이에서 "미-이-이-이-이-노-오-타-키-야" 속삭거렸고 한때 그렇게 매섭고 난폭했던 급류는 흐르는 물이 하던 것처럼 신비한 방식으로 반복해서 노래했다. 노를 저을 때마다 노에서 미끄러진 작은 물방울이 회오리치며 매번 "미-노-타-키-야"라고 세이조에게 중얼거렸다.

숲이 이보다 더 아름다웠던 적은 없었고 하늘도 이렇게 푸르른 적이 없었다. 태양이 이렇게 눈부시게 빛난 적도 없었고 다람쥐들이 이렇게 경쾌하게 뛰어다니고 새들도 거의 이렇게 달콤하게 노래한 적이 없었다. 오피피소웨이로 돌아가는 여정에서 세이조에게 하는 것처럼 말이다. 그리고 그녀와 샤피언은 평생 이렇게 행복했던 적이 없었다.

마을에 도착하자 큰 깃털은 모든 사람을 불러 모아 그날 밤 자신의 오두막에서 축하 파티를 열었다. 마을의 모든 이들이 모였고 지나가던 두세 명의 혼혈인들도 참석했다(결국 이들은 누구의 사냥터도 침범하지 않았다). 그리고 평소처럼 자신의 바이올린을 가져왔다. 바이올린이 오래된 지그jig, 4분의 3박자의 빠르고 경쾌한 춤와 릴reel, 스코틀랜드의 경쾌한 전통 춤을 연주하자 빠르고 능숙한 스텝 댄스가 선보였고 연주자들은 혼혈인들의 유행을 따라 온갖 종류의 기묘한 꺾기와 변환이 있는 곡들을 연주했다. 무대에서는 한 번에 20명은 더 되는 인디언 카드릴quadrille, 사각형으로 원을 그린 네 명이 한 조로 추는 춤이 열렸다. 흥겹고 빠르고 격렬했다.

마을의 모든 소년이 세이조와 춤을 추고 싶어 해 그녀는 아주 바빴다. 그녀는 뛰어난 어린 댄서였다고 할 수 있겠다. 나도 거기 있었기 때문에 직접 세이조도 보고 여동생이 펀치만큼 인기가 많은 걸 뿌듯해하는 샤피언도 보았다. 샤피언도 마을의 소녀 중에 춤 파트너를 찾는 것이 전혀 어렵지 않았고 아주 멋진 외모의 젊은 여자들이 그의 선택을 기다리고 있었던 걸 짐작했을 것이다. 그녀들은 머리 두건으로 가리거나 숨기지 않아 쉽게 눈에 띄었다. 이런 종류의 행사에서는 노부인들을 제외하고는 아무도 머리 두건을 쓸 생각도 하지 않았다.

밖에서는 커다란 모닥불이 계속 타오르며 끊임없이 차를 끓였다. 그 앞에는 노인 몇이 모여 앉아 담배를 피우며 옛이야기를 나누었다. 청년들은 깜박이는 그림자 사이에서 술래잡기나 숨바꼭질을 하며 놀았다. 기치 미권은 손님들 사이를 지나다니며 이야기를 나누었다. 종종 근엄하고 슬퍼 보이기까지 했던 얼굴이 이제 아주 즐거워 보였고 모두에게 미소지으며 환영 인사를 하였다. 때로는 커다란 차 주전자를 들고 돌아다녔고 세이조와 샤피언이 컵을 가져와 사람들에게 따라주며 틈틈이 춤도 추었다.

저녁에 한번은 댄서들이 바닥을 치우고 큰 원 모양으로 벽에 기대앉았다. 곧이어 일어날 무언가를 기다리며 모두 침묵했다. 곧 드럼 연주자 두 명이 톰톰손으로 두드리는 원통형의 북과 함께 원 안에 자리를 잡고 북을 치기 시작했다. 그다음에 문으로 니갠익아보 족장, '먼저 선 사람'이 큰 독수리 깃털 모자를 쓰고 얼굴에는 기괴하고 사나워 보이는 페인트 무늬를 칠하고 북소리에 맞춰 춤을 추었다. 그의 양쪽 무릎 아래에는 속이 비고 둥그런 사슴 발굽이 달려 걸을 때마다 딸깍이고 짤랑거렸다. 전체를 빨강과 검정으로 칠한 거북이 가죽에 거북이 머리와 목으로 만든 손잡이가 달린 딸랑이를 손에 들고 있었다. 족장이 춤을 추자 속이 빈 사슴 발굽이 작은 구리 종처럼 맑게 울렸고 박자에 맞춰 빠르게 발을 움직이자 수사슴 가죽에 달린 술이 떨리고 흔들렸다. 거대한 머리 덮개가 흔들대며 어깨 위로 활짝 펼쳐졌다 닫혔다 다시 펴졌다. 쉬지 않고 두들기는 북소리에 완벽히 박자를 맞춰 춤과 함께 딸랑이를 맹렬히 흔들었다. 그리고 춤을 추며 낮고 기묘한 노래를 불렀다. 세이조와 샤피언, 칠아위와 칙아니의 모험을 노래했고 먼 옛날 전사들의 전투를 이야기하는 노래와 아주 동일했다. 그리고 구절마다 한 무리 가수들의 합창이 이어졌다. 아주 사람을 흥분시키는 기묘하게 중독적인 노래였다.

바로 족장이 약속했던 노래였고 이제는 부족의 전설 중 하나가 될 것이었다. 여러 일들을 그린 이런 노래로, 사건들을 거칠게 그린 그림으로 고대 인디언은 자신의 역사를 기록해왔다. 그러나 전에는 이런 행위를 본 적이 없어 전투의식이라고 생각했던 무역상은 살짝 놀랐다. 기치 미권이 절대 전투의식이 아니라 치료사들이 사용하거나 위대한 사건을 암송하기 위한 와베노 Wabeno라고 설명해주었다. 그리고 우렁차고 긴 합성과 함께 와베노가 끝났다.

그리고 이제 바이올린이 활기찬 곡조를 연주하자 무대가 다시 채워졌다. 물러났던 유흥이 다시 시작되고 카드릴과 지그가 되돌아왔다. 노랑머리는 가장 소박한 노부인을 파트너로 선택해 빠르게 발을 움직여 춤추고 밤새도록 웃었다. 그리고 다시 분위기가 잠시라도 느슨해지면 그는 이 모두를 아주 짧은 순으로 다시 시작했다. 모두 떠들썩하게 즐거운 군중에 둘러싸인 무역상은 체면도 완전히 잊고 그도 다른 사람만큼 즐길 수 있다는 걸 증명했다. 전혀 개의치 않고 그들 중 최고로 즐겁게 발을 놀렸다. 그는 꼬마들과도 친구가 되었지만 그를 더는 미워하지 않는 샤피언이 그렇게 노력했음에도 여전히 이름을 기억하지 못했다. 그는 계속 칠라키, 체로키, 치카루, 비슷하게 들리지만 다른 이름들을 불렸고 항상 틀린 이름을 끝도 없이 댈 수 있는 듯했다.

칠아위와 칙아니는 결코 축제에서 빠지는 법이 없었다. 그 점에 대해서는 안심해도 좋다. 소리칠 두 목소리와 뛰어다닐 네 발이 있는 한 어디서도 소외되지 않을 것이다. 그들은 이제 음악과 소란과 모든 유흥에 흥분해 땅을 파고 댄서들 사이를 기어다니며 바닥에 앉아 있는 사람을 발견할 때마다 구걸하며 돌아다녔다. 일단 칠아위가 방의 중앙을 차지하고 몸을 일으켜 사람들의 발길을 당당하게 막고 있으면 아무도 그 작은 친구를 짓밟거나 넘어뜨리고 싶지 않아 춤은 그 특정 자리에서 멈춰야 했다. 1, 2분 동안 혼자 자리를 모두 차지하고 롱 존 실버Long John Silver, 소설 《보물섬》에 나오는 유명한 해적가 "내가 여기 있고 여기 있을 테니 당신은 거기 누우면 되겠군"이라고 말하는 것처럼 서서 주위를 둘러보았다. 그래서 세이조는 발로 차고 끽끽대는 이 어린 악당을 결국 무대에서 몸으로 끌어내야 했다. 한편 도시에 살아서 한두 가지는 알고 있던 성자 칙아니는 누군가 무역소에서 가져온 사과를 찾아냈다. 사과 한 개가 자신의 몸에 쑤셔 넣을 수 있는 전부라는 걸 깨닫고 하나씩 옮겨 숨겨놓았다. 들켜서 체포되자 진짜 서커

스와 비명이 난무하는 다른 시합이 열렸다. 그들을 진정시키기 위해 세이조는 잠자리로 가져갈 배넉 조각을 주기 시작했다. 그러나 그들은 잠자리에 가만히 있지 않고 더 많이 얻기 위해 머리를 까닥이며 나와 이 뇌물을 챙겨 끊임없이 왔다 갔다 하는 중이었다. 밤새도록 먹어도 반도 먹지 못할 것이 너무 분명했다.

긴 여행과 흥분 그리고 이것과 저것, 이런 일 저런 일에 지쳐 마침내 자신들의 전용 숙소로 영원히 물러났다. 코는 꼭 붙이고 작은 손으로 서로의 털을 움켜쥐고 배넉으로 완전히 둘러싸여 꿈나라를 떠다녔다. 모든 어려움, 모든 외로움의 길고 지친 날들은 이제 영원히 사라지고 잊혔다.

그때부터 온종일, 매일매일 놀이집과 호숫가에는 칙아니가 떠나기 전에 그랬던 것처럼 환호와 웃음이 울려 퍼졌다. 실제로 그런 일이 일어난 적도 없는 것 같았다. 그저 한낮의 악몽에 불과했다. 많은 날을 텅 비어 쓸쓸하게 서 있던 오두막이 다시 한번 기쁨으로 가득 찼다. 보트 선착장의 부드러운 땅에는 두 발 달린 이들의 작은 발자국과 영원히 사라질 뻔한 네 발 달린 발자국이 다시 찍히기 시작했다.

악동 칠아위는 다시 뻔뻔하고 대담한 해적이 되었고 이전보다 더 심하게 제멋대로 굴었다. 그는 여느 때처럼 정기적으로 사라졌고 항상 못된 장난이나 행동에 연루되어 정기적으로 체포되곤 했다. 잡히면 꿈틀거리는 우스꽝스러운 춤을 추고 크게 항의하며 바닥을 뒹굴었다. 자신의 장난이 즐거워서거나 그저 또 다른 짓궂은 장난질의 하나였다. 이제는 그들 둘 다 꽤 덩치가 커졌고 칙아니는 누가 더 빨리 자라는지 경주를 포기했고 이제 처음으로 누가 누군지 말하기 어렵지 않았다. 칠아위가 작은 머리 하나는 더 컸다. 그래서 칙아니는 그 상태로 여전히 작은 꼬마였고 어느 때만큼이나 그의 태도도 부드럽고 순했다. 그라고 내내 착하기만 한 것은 아니었다. 그건 너무 무리한 기대였다. 하지만 예전처럼 세이조의 팔에 안겨 그녀 목의 익숙한 부분에 코를 콕 박고 누워 많은 시간을 보냈다. 꼭 달라붙어 눈을 감고 숨을 살짝 내쉬고 들이마시며 행복한 작은 한숨을 뱉곤 했다. 사육사 부엌의 외롭고 초라한 잠자리에서 그렇게 자주 꾸었던 꿈처럼 말이다. 이제 그는 더는 외롭지 않을 것이다. 그리고 그는 자신이 여전히 여기 있고 그저 또 다른 꿈이 아니라는 것을 확신하기 위해 한쪽 눈을 뜨고 둘러볼 것이다.

이제 모두 예전으로 돌아왔고 나날이 풍요로웠다. 수영하고 굴을 파고 진흙에서 뒹굴고 털을 빗고 손질하고 카누 아래서 숨바꼭질 놀이를 하고 레슬링을 하고 절대 비를 막을 수 없는 작고 엉성한 비버 집을 어설프게 공사하느라 모두 아주 바쁘고 활기찼다. 모든 하루 일정과 놀이가 끝나면 짧고 지친 다리로 오두막으로 향한 수로를 터덜터덜 걸어 올라갔다. 그리고 익힌 쌀과 우유로 가득한 작은 접시들(똑같은 작은 접시들!)이 있었다. 특별한 날에는 통조림 음식이 약간 나오기도 했다. 또 각자에게 잠자리로 가져갈 실한 바닉 조각이 주어졌다. 그리고 부드럽고 따뜻한 잠자리에 들어 긴 잠을 잤다.

그렇게 행복한 여름이 지났다.

가을이 왔다. 나뭇잎들이 떨어지고 고요한 나날들이 찾아왔다. 칠아위와 칙아니를 그들의 고향 집으로 데려갈 시간이 되었다. 그들은 이제 그들이 속한 삶을 다시 찾아 모든 비버족과 같은 길을 가야 할 것이다. 겨울에는 그들이 필요한 만큼 충분한 물을 공급하는 것이 힘들었고 여름처럼 이곳저곳으로 그들을 옮겨갈 수도 없었다. 그래서 기치 미권은 어느 날 자신의 아이들을 불러 조심스럽게 이 모두를 설명했다. 그리고 곧 성인이 될 비버가 더는 이런 부자연스러운 방식으로 행복한 삶을 영위할 수 없다고 말했다.* 그들은 황야의 위대한 영혼이 뜻하는 대로 살아야 하기에 반드시 자신의 종족에게 돌아가야 한다고 했다.

아이들은 서로 한 번도 말을 꺼내지는 않았지만 언젠간 그래야 한다는 걸 알고 있었다. 이별할 날이 다가오면서 세이조는 아주 조용하고 생각이 많아졌고, 곧 그녀의 품 안을 벗어날 자신의 작은 놀이 친구들과 오랜 시간을 보냈다. 비버들은 아주 명랑한 한 쌍처럼 즐겁게 항상 해오던 장난스러운 방식으로 그녀와 놀며 그들이 행복해야 할 다가올 날들을 전혀 생각하지 않았다.

그리고 그녀는 그들을 너무 사랑했기에 그들이 떠난 후에 자신이 얼마나 외로울지 생각지 않았고 그들이 아버지와 어머니를 다시 만나면 얼마나 기쁠지 생각했다. '그러니 내가 어떻게 슬퍼하겠어?' 그녀는 스스로에

* 비버는 아주 천천히 성장해 다 자라기까지 3년이 걸린다.

게 물어보고 다소 떨리는 목소리로 소리 내어 말했다.

"저는 아주 행복합니다. 행복해요. 제가 행복하다는 걸 알아요!" 그랬다.

그렇다. 세이조, 당신은 행복하다. 항상 행복해야 할 사람들처럼 행복하다.

10월의 어느 날 아침, 언덕이 온통 가을의 색인 진홍색, 갈색, 황금색으로 덮인 낙엽의 달에 칙아니와 칠아위, 큰 꼬마와 작은 꼬마는 행복하고 근심 걱정 없는 어린 시절을 보냈던 오두막과 개인 숙소를 떠날 준비를 했다. 흔들리는 작은 비버 집, 그리고 놀이집, 수상 산책로, 그들의 모든 선착장, 이 모든 것을 뒤로하고 그렇게 오랫동안 사용해온 오래된 자신들의 자작나무 껍질 바구니에 올랐다. 그리고 그들이 해야 할 마지막이자 가장 중요한 여정에 올랐다.

자신들의 향기롭고 달콤한 풀 침대에 몸을 누였을 때 얼마나 대단한 사건이 여정 끝에 기다리고 있을지 거의 짐작도 하지 못했다.

CHAPTER SEVENTEEN

17 낙엽의 계절에

IN THE MOON
OF FALLING LEAVES

"그들은 너희를 절대 잊지 않을 거야." 큰 깃털이 말했다.

운명의 날이 밝았다.

세이조는 다양한 색상의 체크무늬 옷에 가장 화사한 새 머리 두건, 아름답게 구슬로 장식한 모카신을 신어 화려하게 꾸몄다. 샤피언과 기치 미권은 아주 특별한 경우에만 입는, 벨벳 갈색으로 물들여 새것처럼 반짝이는 가장 좋은 사슴 가죽옷을 입었다. 세이조는 그 문제의 바구니에 나뭇잎과 화려한 꽃과 새와 작은 동물들을 그려 넣었다. 바구니를 타고 했던 모든 여정의 마지막도 칠아위와 칙아니가 함께할 것이다. 손잡이에는 크고 하얀 깃털을 매달고 전체에 그림을 그려 넣어 더는 오래된 것이 아니라 새것처럼 보였다. 안에는 애정을 담아 달콤한 향이 나는 풀로 잠자리를 꾸며주고 호저 가시로 장식한 작은 가죽 가방 안에 작지만 아주 귀중한 접시 두 개를 매달았다.

그렇게 충실히 그들을 실어 나르고 그렇게 수 없는 모험을 함께했던 카누도 절대 그냥 지나치지 않았다. 불의 흔적은 이제 남아 있지 않았다. 옆면은 이전처럼 밝은 노랑으로 물들이고 뱃전과 새로운 눈(이전 것처럼 사납지 않고 다소 유쾌해 보이는 눈이다. 보러 오세요)을 그리고 멋진 꼬리를 달았다. 바람이 밖에서 아주 쾌활하게 새로운 꼬리를 흔들었고 갈대와 덤불이 스치며 고개를 흔들거나 꾸벅이면 새로운 눈은 이런저런 것에 아주 즐거워 혼자 눈을 찡긋하는 듯 보였다.

그렇게 그들은 옐로버치강으로 향했다. 칠아위와 칙아니가 태어난 속삭이는 나뭇잎들의 언덕 사이, 그 푸르른 먼 땅으로 향했다.

6일 동안 여정이 이어졌다. 나아갈수록 대기는 더 고요해졌고 물은 더 잔잔해졌다. 매일 밤 야생 기러기들의 긴 줄이 머리 위로 남쪽을 향해 날았고 그 날갯짓 리듬이 어둠 속에서도 또렷이 들려왔다. 매일 아침 태양은 조금 더 크고 붉어졌고 나뭇잎들의 색깔은 더 선명해졌다. 인디언 섬머가을에 여름 같은 따뜻한 날씨가 이어지는 이상 시기 시기에, 낙엽의 계절에 숲은 너무 아름다웠다.

세이조는 정말, 진심으로 행복했다. 그렇게 느낄 거라곤 전혀 예상하지 못했다. 이렇게 자신을 북돋기 위해 그녀는 자신의 작고 그렇게 사랑하는 친구들, 자신의 어린 형제들이 이전보다 더 잘 지낼 것이고 자신이 줄 수 있는 것보다 더 훌륭한 보살핌을 받을 것이라고 계속 되뇌었다. 그들은 집으로, 자신의 종족이 사는 집으로 가고 있었다. 그들의 놀이 시절은 이제 끝났다는 것을 그녀는 알고 있었다. 그들은 더 의젓해지고 있었다. 모든 숲의 생명과 거의 모든 인종이 빠르든 늦든 해야 하는 것처럼, 곧 그들도 일을 하게 될 것이다. 반려동물이 되기 위해서가 아니라 스스로 살아가기 위해 태어났다는 데 그녀는 동의했다(이를 인정하는 것이 얼마나 쉬운지 깨달은 적 있나요?). 그것이 진짜 진실이었고 그들이 정말 만족할 수 있는 유일한 방법이었다.

하지만 가끔 마음이 아플 것이다. 때로는 그녀의 눈이 뿌예지고 눈물이 어릴 것이다. 하지만 그녀는 급히 손을 털며 혼잣말을 할 것이다. "나만 좀 속상할 뿐이야. 이기적인 감정이지. 우리는 그들에게 최선인 것을 해야 해. 내가 그들을 그렇게 사랑하는 만큼 말이야." 그녀는 용감하게 나무들과 호수를 둘러보고, 바구니 안을 슬쩍 들여다보고 우습게 접힌 귀를 간질이며 그들이 비버 오두막 안에 갔을 때 무슨 일이 있을지, 서로에게 무슨 얘기를 할지 들을 수 있으면 얼마나 사랑스러울지를 생각했다.

만일 아버지와 어머니 그리고 다른 형제들이 그들을 만나러 온다면 그녀도 모두 같이 있는 것을 볼 수 있다! 그리고 그녀는, 오! 얼마나 간절히 바라는지!, 어떤 사냥꾼도 그들을 찾지 못하길 바랐다.

여행의 마지막 날 밤, 그들은 소나무 사이 쾌적한 장소에 캠프를 차렸다. 그곳은 비버 연못에서 내려오는 작은 개울 옆, 오래전 우리가 처음으로 기치 미귄이 점심을 먹고 있는 것을 보았던 장소였다. 이 잊지 못할 밤에 식사를 마치고 자리를 치우자 날은 어두워지고 모닥불이 기분 좋게 타닥거리고 있었다. 큰 깃털은 아이들에게 자신이 깊이 간직해온 중요한 얘기를 해야겠다고 말했다.

사방이 조용했고 아이들은 벌겋게 타는 불 옆에 앉아 귀를 기울였다. 그리고 칠아위는 전혀 움직이지 않고 바구니 옆에 앉아 머리를 한쪽으로 쫑긋 세우는 비버 자세로 듣고 있었고 쥐새끼처럼 세이조의 무릎에 머리를 올리고 누워 있는 칙아니도 듣고 있었을 것이다. 그렇게 조용하고 빠르게 흐르는 넓고 깊은 강은 분명히 모든 것을 들었을 것이고 처음으로 급류를 만날 때까지 이를 계속해서 곱씹으며 흘러갔을 것이다. 캠프 주위에 그렇게 엄숙하고 고요히 서 있는 거대하고 짙은 나무들, 그 사이를 왔다 갔다 깜박이는 불빛 그림자들조차 그가 말할 때 멈춰서 듣고 있는 것처럼 보였다.

“세이조, 샤피언,” 기치 미귄이 말했다, “오늘이 우리가 칙아니, 칠아위와 함께 보내는 마지막 밤이다. 내일이면 그들은 자신의 종족에게 돌아가 그들의 방식으로 살아갈 것이다. 그들이 우리와 함께 지낸 시간이 너무 즐거웠구나. 우리 집에 많은 기쁨을 가져다주었고 그들이 있었기 때문에 여름날들이 더욱 빛났다. 나는 아프고 무력하게 죽어가는 그들을 여기서 발견했다. 이제 그들은 건강하게 잘 자라 다시 여기 왔고 이제 삶을 이어갈 준비가 되었다. 그들의 모험은 끝났고 이제 그들은 전에 없이 행복할 것이다. 내가 약속할 수 있는 단 한 가지는 절대 그들은 도살당하지 않을 것이다.”

여기서 세이조는 작은 신음, 아주 작은 신음을 뱉었지만 다시 밀어 넣기 위해 입술을 손가락으로 막았다.* 기치 미귄은 계속했다.

“너희는 우리 족장의 셰셰군She-she-gwun, 딸랑이 춤을 보았다. 그것은 특별한 신호의 와베노였고, 그는 이 구역이나 여기 인근에서 비버를 사냥하면 안 된다고 명령했다. 그리고 여기는 어떤 백인도 오지 않는다. 여기

* 인디언들은 누군가 말을 할 때 방해하지 않으려 세심한 주위를 기울인다. 직접 언급하지 않는 한 어린 사람이 말을 끊는 것은 아주 무례한 행동이다.

는 나의 사냥터이지만 나 자신은 절대 이들을 해치지 않을 것이다. 그건 작고 친근한 사람들을 죽이는 짓과 같다. 그들이 내 아이들을 행복하게 만들었기 때문이다. 그들이 나를 이해할 수 있다면 나는 그들에게 감사할 것이다. 무슨 일이 있어도 그들은 영원히 안전할 것이다. 내일, 이들을 놓아줄 때 비버들이 서로를 부를 때 쓰는 소리, 비버 울음을 쓸 것이다. 오두막에 있는 어린 새끼들은 듣지 못하겠지만 아마 어른 비버들은 듣고 나와 이들을 반길 것이다. 확신할 수는 없지만 시도해 보겠다."

세이조는 손으로 입을 꽉 막고 있어서 이번엔 소리를 내지 않았다. 바로 그때 낮은 울음소리가 언덕 어딘가에서 흘러나왔고, 잠시 더 커지다 다시 침묵으로 사라졌다. 낮고 거칠었지만 외로운 울부짖음, 늑대의 울음소리였다. 기치 미권은 마지막 메아리가 사라질 때까지 말을 멈췄고 모두 귀를 기울였다. 인디언들은 늑대를 두려워하지 않았고 사냥꾼 동료로 여기며 그들을 외로운 존재들이라고 불렀다. 그 후에 그는 계속했다.

"큰 꼬마와 작은 꼬마는," 그는 이름에 미소를 지으며 "너희를 영원히 잃는 것이 아니다. 비버는 다른 동물과 달리 아주 사람과 비슷하고 빠르게 변하지 않는다. 일단 알게 되면 친구가 되고 절대 잊지 않는다. 그들은 항상 너희들의 것이다."

"그리고 이제 가장 좋은 것은," (아무도 소리를 내지 않았다. 늑대조차도!) "매년 한 번씩 낙엽이 지는 달에,* 숲의 나뭇잎들이 빨갛고 노란 눈송이처럼 우리 주변 곳곳에 떨어지고 야생 기러기들이 하늘을 가로질러 구름 속으로 날아갈 때 너희들은 그들의 집을 찾아올 것이다. 여기 잠시 머물면서 저녁에 그들의 연못 집 옆을 지키며 그들이 수영하고 일하고 노는 것을 볼 것이다. 그들이 너희들에게 다가올 확률이 높기에 그들과 이야기하고 아마 만질 수도 있을 것이다. 그들이 모든 것을 기억하지 못할 수도 있고 너희들과 함께 본 많은 것들을 마음에서 지웠을 수도 있지만, 절대 너희들을 잊지 않을 것이다. 아주 현명한 노인들이 나에게 말했다. 나도 내 젊은 시절에 이를 보았다. 내 아이들아. 이것이 내 말이다."

그리고 이 말들은 어린 세이조의 마음에서 슬픔의

* 10월이다.

마지막 흔적을 지우는 말들이었다. 아마도 완전히는 아닐 것이다. 무엇보다 그녀는 어린 소녀일 뿐이고 자신이 가진 거의 모든 것을 포기하고 있었다. 이 작은 소녀 외에는 누구도 그만큼 사랑할 수 없는 이 작은 생명들을 말이다. 그러나 그들은 잊지 못하는 작은 사람들이라고 아버지가 말했고 그녀는 생각했다. '나는 바구니를 땅에서 가까운 나무에 걸어두고 작은 접시들도 남겨 놓겠어. 그들이 와서 볼 수 있게, 그래서 그들이 잊지 않게….' 그리고 그날 밤 마지막으로 잠든 큰 꼬마와 작은 꼬마를 팔에 안고 발삼나무 침대에 누워 그동안 있었던 모든 일들을 생각했다. 이들이 그녀에게 온 절대 잊지 못할 생일부터 그들과 함께했던 보든 좋은 시간들과 그리고 모든 것이 마침내 얼마나 행복해졌는지를 생각했다. 그리고 그녀는 아버지가 말한 모든 것들을 생각했다. 그가 그들을 부를 것이고 아마 어른 비버가 나올 것이고 그리고 그 외에 모든 것들을…. 이런 마지막 밤에 잠드는 것이 부끄럽게 느껴졌다. 그래서 그녀는 칠아위와 칙아니의 조용한 숨소리를 들으며 가능한 오래 깨어 있다가 마침내 생각으로 가득한 작은 머리를 뉘었다. 때때로 코를 골며 숨을 내쉬고 들이마시는 축축한 코 옆에 머리를 대고 곧 그들과 함께 망각의 나라로 떠났다.

다음날 오후 해가 질 무렵 야생 비버들이 잠에서 깨어났을 때, 그들은 모두 비버족 거주지 연못 옆에 있었다. 여기서 두 작은 잃어버린 새끼, 칙아니와 칠아위의 위대한 모험이 시작되었고 이제 여기서 끝이 날 것이다.

그 장소는 거의 모든 면에서 우리가 꽃의 계절인 5월에 처음 보았을 때와 똑같았다. 댐은 물이 가득 차서 넘쳐 흐르고 형태도 최상이었다. 흙집은 여전히 거대하고 시커먼 언덕처럼 늪지 위로 높이 솟아 있었다. 하지만 연못은 이제는 황폐해 보이지 않았다. 여기저기서 새로운 작업이 시작되고 있었고 도끼질과 삽질로 분주한 한 무리의 사람이 한 일보다 더 방대해 보였다. 그러나 이 모두는 두 마리의 비버가 한 일이었다. 첫여름에 그들이 했던 작은 작업들에 비할 바가 아니었다. 오두막의 옆면은 추위를 막기 위해 모두 두텁게 발라져 있었고 입구 앞에는 비버들의 겨울 식량 공급을 위해 엄청나게 많은 통나무, 막대기, 나뭇가지 등의 부유물들이 떠다니고 있었다. 개울가 따라 여기저기 매끄럽게 잘 닦인 좁은 길들이 숲으로 향해 있었고 길옆에는 다

수의 새로 베어진 많은 그루터기가 보였고 그 표면에는 이빨 자국이 선명했다. 비버들 구역 안에 있는 나무 대부분이 사라져 이제 부유물 아래 숨겨졌고 몇몇 나무들은 일부만 길이를 맞춰 잘린 채 물가 근처에 놓여 있었다. 그곳은 비버들이 아직도 공사를 진행 중인 곳이고 겨울이 다가오면 곧 그들에게 닥쳐올 것을 대비한 수확물을 모아두는 곳이었다.

그곳은 아주 조용하고 평화로웠고, 말이 없는 나무의 나이테가 잔잔한 수면에 선명하게 반사되었다. 나무 윗부분은 우리가 마지막으로 보았을 때처럼 더는 초록색이 아니라 추위가 물들여 놓은 빨갛고 노랗고 갈색이었다. 고요한 숲 여기저기서 낙엽들이 떠다니고 바람에 빙빙 돌고 바스락거리며 천천히 쌓이고 있었다.

기치 미권은 지름길로 빠져나왔고 세이조와 샤피언은 바구니를 지름길 사이의 물가로 운반했다. 그리고 그곳에서, 키가 큰 은빛 포플러나무 아래에서 바구니를 열었다.

샤피언이 손을 넣어 통통하고 매끄러운 작은 몸들을 쓰다듬으며 말했다. "니치키웬즈, 안녕 작은 형제들." 목소리가 살짝 떨려 크게 나오지 않았다. 남자는 여자들 앞에서 그런 것들을 참아야 하기 때문이었다. 그리고 여동생의 두 손을 자신의 손으로 감싸고 말했다.

"슬퍼하지 마, 내 동생. 지금처럼 낙엽이 떨어질 때마다 너가 그들을 볼 수 있게 여기로 데려다줄게. 우리 넷은 많은 것들을 함께 보고 함께했어. 우리는 항상 기억할 것이고 그들도 잊지 않을 거야. 아버지가 말씀하셨어. 이제 그들은 평생 행복할 거야. 함께 잘 지낼 거야."

"응," 그녀가 속삭이듯 대답했다. "나도 알아. 그들은 행복할 거야. 그래서 나도 행복해야 해." 그녀가 그에게 미소를 지었다. "고마워, 오빠."

샤피언은 세이조를 거기 혼자 두고 아버지 쪽으로 가서 섰다. 그녀는 잠시 비버들을 꼭 안고 작고 검은 귀에 속삭였다. "안녕, 칠아위, 안녕 칙아니, 내 작은 형제들아, 잊지 말아줘… 영원히."

그리고 그들을 놓아주었다.

그녀는 물 가장자리까지 따라가 그들이 물에 떠가는 것을 지켜보았다. 항상 그랬던 것처럼 통통하고 둥근 머리를 나란히 하고 자신들의 고향 집 연못을 가로질러 헤엄쳐 갔다. 다부진 칠아위, 유쾌하고 제멋대로에 변덕스러웠다. 온순한 칙아니, 몽상가이자 애교 많고 정도 많았다. 몇 분만 지나면 그들은 사라질 것이다. 그리고 그들이 아무리 크게 자라도 부드럽고 사랑스럽고 귀여운 존재이자 작고 무력한 두 새끼 비버로 남을 것이다.

세이조에게는 영원히 꼬마들이었다. 그들이 건너편의 거대한 진흙 성채에 가까이 갔을 때, 큰 깃털은 길고 선명한 울음소리를 냈다. 비버들이 동료를 찾는 울음소리였다. 다시 한번 음악의 음표처럼 소리가 침묵 속에서 새어 나왔다. 그러자 아주 갑자기 오두막 근처 물 표면에서 검은 머리가 나타났다. 또 다른 것이 나타났다. 크고 시커먼 머리에 털 달린 커다란 갈색 몸이 그들 뒤에서 물 위로 떠올랐다.

세이조는 거의 숨을 쉬지 않았다. 그렇게 꿈꾸었지만 감히 믿지 못했던 것이었다. 그들의 아버지와 어머니가 기치 미권의 부름에 그들을 만나러 정말 오고 있었다. 모든 것이 실현되고 있었다. 모든 것이, 오!

모두 나무처럼 움직이지 않고 서 있었고 나이 든 비버들이 칙아니와 칠아위를 향해 천천히 다가와 한두 번 지나치더니 그들을 살펴보고 냄새 맡고 낮고 울리는 소리를 내었다. 그리고 그들 옆에서 헤엄쳤다. 큰 머리와 작은 머리들이 이제 모두 함께! 자신들의 진로를 고수하면서 끊임없이 빠르게(오, 너무 빨리!) 헤엄쳤다. 그들 뒤로 물이 V자로 길게 잔물결을 만들며 넓게 퍼져나갔다. 한두 번 아이 같은 울음소리가 작고 희미하게 들려왔다. 여전히 큰 놈들이 작은 놈들 가까이 붙어 있었고 그 시커먼 머리들은 점점 더 작아지고 점점 더 멀어졌다. 그리고 오두막 입구 바로 앞에서 하나둘씩 수면 아래로 잠수해서 사라졌다.

큰 꼬마와 작은 꼬마가 집으로 돌아갔다.

세이조는 체크무늬 드레스와 예쁜 모카신을 신고 화려한 색상의 작은 조각상처럼 거기 가만히 서 있었다. 머리 두건이 뒤로 떨어져 그녀의 윤기 나는 땋은 검은 머리가 석양의 붉은 빛에 반짝였다. 붉은 입술을 벌리고 별빛처럼 반짝이는 검은 눈으로 작은 연못 너머를 바라보며 마지막 갈색 머리가 사라질 때까지 움직이지 않았다. 그리고 물 위의 마지막 잔물결이 완전히 사라졌다.

바로 그때, 그녀 머리 위 살랑거리는 금빛 나뭇잎들 사이로 작고 하얀 목을 가진 새의 짹짹거리는 노랫소리가 들려왔다. 작고 깃털 달린 야생의 명가수가 그렇게 즐겁게 노래하자 그 음성이 조용한 계곡을 가득 채우며 세이조의 귀에 희망과 행복, 사랑의 메시지를 전했다.

"미-노-타-키-야, 잘됐어." 그가 노래하는 것처럼 보였다. "미-미-미-이-이-노-노-노-오-오노-타-키-노-타-키-야!"*

세이조는 낙엽들 사이에 그렇게 조용히 서서 자신의 어린 비버들의 마지막 종착지인 시커먼 댐에 여전히 뚫어지게 눈을 고정하고 있다가 혼자 작게 중얼거렸다. "미-노-타-키-야"

그리고 두 개의 잡은 접시와 향기로운 풀 침대에 동물과 나뭇잎과 꽃들을 화려하게 그려 넣은 작은 바구니를 맑고 잔잔한 물 옆 땅 근처 낮은 가지에 걸어 두었다. 그리고 두 손을 뻗고 씩씩하게 미소 지으며 아버지와 오빠를 향해 달려갔다.

이제 인물들은 모습을 감추고 모든 것이 사라졌다.

* 북아메리카 참새나 캐나다 새의 노래는 여기서 내가 재현하려고 노력한 음성과 상당히 비슷하다. 그 애처로운 미완성 곡조는 여름 내내 북쪽 숲 어디서나 들을 수 있고 많은 이들에게 비버와 소나무처럼 황야의 상징이다. 그리고 인디언들에게 이 새들의 노래는 '잘되었다'는 위로하는 구절을 상기시켜 행복의 징조로 여겨진다.

우리의 여행은 끝났다. 이야기도 끝났다.

당신이 내 이야기를 듣는 동안 인디언 천막 중앙에서 흔들리며 타던 불도 사그라져 희미한 석탄 불빛만 남았다. 우리 뒤 천막 표면에 우리 그림자가 크고 짙어졌다.

우리는 이제 가야 한다.

그러나 때때로 당신이 여름 저녁 황혼 속에 홀로 앉아 더는 할 일이 없을 때, 실제 있었던 사람이고 당신 자신이 느낀 것과 아주 동일한 두려움과 희망, 고통과 기쁨을 느꼈던 이 두 인디언 아이들을 생각할 것이다. 그리고 그들을 사랑했고, 진짜 살아 있었고, 서로를 사랑했고, 외로워하기도 하며 또한 행복도 아는 두 작은 비버 칠아위와 칙아니를 생각할 것이다.

그래서 당신은 한 번 더 기억 속의 속삭이는 나뭇잎들의 언덕으로 여행을 떠날 것이다. 지날 때면 고개를 끄덕이고 손짓하는 크고 어두운 소나무를 다시 볼 수 있을 것이다. 그리고 꿰뚫어 보는 눈과 용맹하게 펄럭이는 꼬리를 가진 노란 자작나무 카누를 타고 다른 항해를 할 수도 있다.

그리고 아마도 당신이 아주 조용히 움직이지 않고

앉아 귀 기울이면 낙엽이 바스락대는 소리, 말하는 물의 마법의 주문, 크고 작은 숲 주민들의 부드럽고 낮은 음성을 들일 수도 있을 것이다. 그렇게 머나먼 야생의 땅, 그렇게 아름다운 북서풍의 대지, 그 광대하고 외로운 나라에 사는 숲의 사람들의 목소리를 말이다.

그레이 아울(Grey Owl, 회색 올빼미)

본명은 아치볼드 스탠스펠드 벨라니Archibald Stansfeld Belaney로 작가이자 환경운동가. 영국인으로 태어났지만 인디언으로 살았다.
1차 대전 참전 후, 캐나다 북부 황무지에서 나무꾼과 덫 사냥꾼으로 난폭하게 살아가다 오지브웨이족의 도움을 받아 부족의 일원이 되었고, '와샤퀀아신회색 올빼미'으로 거듭났다. 매니토바의 라이딩 마운틴 국립공원, 서스캐처원의 프린스 앨버트 국립공원에서 동물 관리인으로 일하며 비버 보호 캠페인을 펼쳤다. 최초의 환경운동가로 그의 기사, 책, 강연, 다큐멘터리는 뜨거운 대중의 관심을 모았고 1920년대 거의 멸종 직전까지 갔던 비버의 도살을 막았다.
그의 책 《세이조와 비버족의 모험The Adventures of Sajo and Her Beaver People》은 캐나다와 영국에서 베스트셀러가 되었다. 다른 저서로서는 《최후의 개척지 사람들The Men of the Last Frontier》, 《야생의 순례자들Pilgrims of the Wild》, 《빈 오두막 이야기Tales of an Empty Cabin》 등이 있고 〈비버족The Beaver People〉, 〈비버 가족The Beaver Family〉 등의 비버 연작 다큐멘터리를 촬영하였다.
그레이 아울의 작품과 삶은 역사가와 전기 작가, 독자와 시청자를 끊임없이 매료시켜 여러 편의 전기가 출간되었고, 1999년 리처드 애튼버러 감독은 피어스 브로스넌 주연의 영화 <그레이 아울>을 발표하기도 했다.

옮긴이 **김아인**

여행 잡지를 만들다 바람이 들어 해외를 떠돌아다니며 여행생활자로 살았다. 2007년부터 출판사에서 인문, 예술 분야 책들을 만들었고 한국의 고전을 소개하는 영어 서적들을 기획, 편집했다. 지금은 번역 모임 '사이'에서 활동하며 옮긴 책으로는《더 로드》,《범죄 시그널》등이 있다.

세이조와 비버족의 모험

지은이 그레이 아울
옮긴이 김아인

펴낸곳 지식의편집
편집 김희선
디자인 이찬미
등록 제2020-000012호(2020년 4월 10일)
주소 서울 강북구 삼양로 640-6
이메일 Jisikedit@gmail.com

1판 1쇄 펴냄 2024년 2월 27일
ISBN 979-11-970405-8-0 03840